最強英雄と
無表情カワイイ暗殺者の
ラブラブ新婚生活
「ここまで真剣に話し合う
必要、あります？　これ」
ひらひらと紙を揺らす——
それには堂々とした文字で大書されている。
『エルド＆クロエ　新婚旅行計画』——と。
JN034987

「クロエさんの好みはある？」
「あ、分からない、ので……お義姉様に、お任せします……
あと、その、エルドさん、好みになれれば……」

「さぁエルドを魅了する服を選ぶわよ」
ヴィエラ・リュオン
リュオン家の長女でエルドの姉。
お嫁さんであるクロエに会うため
旅行先で合流した。
選んでいく品々はどれも控えめながらも、洗練された
デザインのものだ。見る間に彼女たちは服を決めたのか、
クロエを振り返って手招きした。

エルドの胡坐の上に半分
乗るようにして、彼女は腰を下ろす。
あふれた湯がこぼれだし、
水音を立てる。
クロエは肩まで湯に浸かり、
一つ頷いて少し目を細めた。
「入れ、ましたね」
「意外といけるな」

最強英雄と
無表情カワイイ暗殺者の
ラブラブ新婚生活 2

アレセイア

HJ文庫
1122

口絵・本文イラスト　motto

c o n t e n t s

序章 友の企み 005
preface

第一話 予期せぬ来客 018
episode 01

第二話 観光都市ペイルローズへ 063
episode 02

第三話 <英雄>の姉 095
episode 03

第四話 喧騒から離れて 142
episode 04

第五話 夜会にて 181
episode 05

第六話 平和を愛する者たち 222
episode 06

終章 二人の日々はどこまでも 248
final chapter

序章　友の企み

preface

魔王《まおう》は〈英雄《えいゆう》〉たちによって滅《ほろ》ぼされた。

彼《かれ》らの活躍《かつやく》で長年の戦火から解放され、平和を取り戻《もど》した人々。国々はその機を逃《のが》さずに国家間の友好条約を樹立。二度と魔族《まぞく》に付け入る隙《すき》を与《あた》えないように、そしてこの平和を守るために手を取り合った。

戦いで焼かれた街並みは復興し、人々を脅《おびや》かしていた魔獣《まじゅう》は大方が駆逐《くちく》された。〈英雄〉たちも次第《しだい》に表舞台《おもてぶたい》から姿を消し、英雄譚《えいゆうたん》は終わりを告げようとしていた。

だが、物語は終わらない。人々は生き続け、営みは続いていく。そして、価値観や文化が違《ちが》う者たちが暮らせば畢竟《ひっきょう》、摩擦《まさつ》が生まれ、問題が発生する。

今、モーゼルの王城では、ある問題を解決するための一つの計画が動いていた。

国王、レオンハルト・モーゼルの執務室《しつむしつ》――そこでは真夜中、密《ひそ》かに話し合う人影《ひとかげ》があった。レオンの目の前で、一人の年若きエルフが資料片手に告げる。

「計画は無事に進行中です。陛下。指定の拠点《きょてん》の確保が完了《かんりょう》。作戦を実行する人員も精鋭《せいえい》を用意しました。いずれも、私の息のかかったもので、信頼《しんらい》がおけます」

「よし。物資は問題ないか？」

「五日分を手配しています。これも信頼できるエルフに任せました」

「よし――さすが〈匣《はこ》の英雄〉にして、エルフの敏腕《びんわん》魔術師《まじゅつし》、クラウス・ブローニングだ。キミに任せておけば、抜《ぬ》かりはなさそうだ」

「恐縮《きょうしゅく》です」

エルフの美青年は微笑《ほほえ》みを浮《う》かべると一礼する。レオンは一つ頷《うなず》くと、視線をその隣《となり》に向ける。そこには黒衣を纏《まと》った小柄《こがら》な少女が控えていた。

「ヒナ、護衛計画は」

「クラウス様の立案に合わせて、精鋭を選《よ》り抜きました。常に五人の〈暗部〉の人員が彼らの傍《そば》につきます。刺客《しかく》どころか、犬一匹《ぴき》も近づけません」

「よし。その意気だ。だが、できるだけ二人の行動は邪魔《じゃま》しないように」

「きつく言い含《ふく》めています」

「さすがだ。諜報《ちょうほう》組織〈暗部〉の組頭《くみがしら》――キミに任せておけば警護は万全《ばんぜん》だ」

「もっちろんです」

褒《ほ》められて嬉《うれ》しそうな声をこぼす少女にレオンは目を細める。だが、すぐに真摯《しんし》な表情になると国王らしい威厳《いげん》に満ちた声で告げた。

「二人とも、この計画は仕損じてはならないぞ。今一度、抜かりなく頼《たの》む」

「ええ、もちろんです――」

レオンとクラウスは真剣《しんけん》な表情で頷き合い――それを少しだけ微妙《びみょう》な表情でヒナは眺《なが》める。ふとその視線に気づき、レオンは片眉《かたまゆ》を吊《つ》り上げた。

「どうした？　ヒナ。そんな怪訝《けげん》な顔をして」

「……確かに仕損じてはいけないのは分かりますが、陛下」

呆《あき》れたような表情を見せるヒナは腰《こし》に手を当て、机の上に広げられた計画書の一枚を摘《つ》まみ上げた。

「ここまで真剣に話し合う必要、ありますか？　これ」

ひらひらと紙を揺《ゆ》らす――それには堂々とした文字で大書されている。

『エルド&クロエ　新婚《しんこん》旅行計画』――と。

国王、レオンハルトには大事な親友がいる。

エルバラード・リュオン――彼は魔王大戦で将軍として前線に立ちながら、卓越《たくえつ》した剣《けん》技《ぎ》で魔王軍の精鋭と対等に渡《わた》り合った。数々の武勇伝を残した彼は〈白の英雄〉として称《たた》えられ、戦後は近衛騎士団《きしだん》の団長としてレオンを護《まも》り、また戦後の処理を手伝った。

その彼を大戦の半ばから支えていたのは、一人の少女、クロエだった。密偵《みってい》である彼女《かのじょ》は彼と共に戦い続け、絆《きずな》を育み、やがて想《おも》いを交《か》わし合った。そして最後の任務を終えた二人は現在、職を辞して隠遁《いんとん》――ようやく手にした平穏《へいおん》をラブラブに楽しんでいる。

今回、企画《きかく》していたのはその二人を労《ねぎら》うための新婚旅行なのだ。

「……まぁ、確かにここまで真剣にやる必要はないが」

ヒナの指摘《してき》に少しレオンは苦笑《くしょう》をこぼした。緊張《きんちょう》を緩《ゆる》めると、二人へ崩《くず》すように身振《みぶ》りで示す。ヒナは肩《かた》の力を抜き、クラウスは小さく笑って目を細める。

「とはいえ、実際、仕損じることはできる限り、したくないですからね。レオンくん」

「また迷惑《めいわく》かけたら、王様、今度こそ先輩《せんぱい》に殺されるからね」

砕《くだ》けた口調の二人。一国の元首に対しての口の利《き》き方《かた》ではないが、レオンは気にした様子もなく頷きながら椅子《いす》に腰を下ろした。

「間違《まちが》いないな。その点、二人に任せればほとんど問題ないと思う。何せ、自分が信頼する友人と相棒の仕事だからな」

ただ、とレオンは目を細めて、身を乗り出して顔の前で手を組んだ。

「今回の計画は、万が一、が想定される」

レオンの低い声にヒナとクラウスは目を細めて同意した。

「新婚旅行の舞台《ぶたい》、ペイルローズ――」

「――そこで同時に、サミットも行われますからね」

サミット――それは終戦後、各国間で友好条約が結ばれた際に定期的に催《もよお》されることになった会談だ。国際的な政治的、経済的課題について議論や意見を交わす場であり、今までの会談では主に戦後の復興について話し合われていた。

その場を狙《ねら》い、裏社会の暗殺者たちが蠢動《しゅんどう》している、という情報が事前にもたらされたのである。

以前のサミットならば、問題はなかった――何故《なぜ》なら、警備計画を担《にな》っていたのがエルドだったからだ。彼とその部下の周到《しゅうとう》な計画、クロエによる事前の諜報、そして何より〈白の英雄〉としての異名が暗殺者を近寄らせなかった。

だが、今回は彼が不在――そして、暗殺者たちもそれを嗅《か》ぎつけている。もちろん、彼不在でも対応できる戦力は整っている。だが、不測の事態は避《さ》けなければならない。

そこでクラウスが発案したのが、この新婚旅行だった。

「〈白の英雄〉がペイルローズにいる――その目撃《もくげき》情報があるだけで、暗殺者たちは二の足を踏《ふ》み、動揺《どうよう》させることができます。サミットの警護だけに限れば、彼の力を借りずともそれだけあれば十分でしょう」

「ボクたちは〈白の英雄〉で動揺した暗殺者を排除《はいじょ》し、エルド様と先輩は何も気にせず平穏に新婚旅行を楽しんでもらう――って計画だね」

クラウスとヒナの言葉に、レオンは一つ頷いて神妙《しんみょう》な顔で告げる。

「保険としては充分《じゅうぶん》だ。その間に責任を持って、私がサミットを開催《かいさい》、そして終了《しゅうりょう》させる。クラウス、キミはこの国の所属ではないが――力を貸して欲《ほ》しい」

「私は流浪《るろう》のエルフですよ。友人のために喜んで力を貸します」

「ああ――頼んだ」

レオンはクラウスに手を差し出す。クラウスは微笑んでその手をしっかりと握《にぎ》ってから、では、と一礼して告げる。

「彼ら――エルドくんと、クロエさんの元へ行ってきます」

「あ、部下に送らせますよ、クラウス様」

ヒナはそう言うと指を弾《はじ》いた。それを合図に一人の人影が屋根裏から降り立ち、一礼した。無言で歩き出した黒衣の案内を受け、クラウスは部屋を後にする。

レオンはそれを見送ると、軽く肩をこきりと鳴らした。

「さて、もう一仕事するか」

「王様、真夜中だよ？　もう休んだら？」

「ああ、キリのいいところまでやってからな」

そう言いながらレオンは少し離《はな》れた場所の書類に手を伸《の》ばす。ヒナは小さく苦笑し、その書類を取って差し出した。

「はい、王様――何か手伝おうか？」

「ん、悪いな、ヒナ」

「気にするなら早く休んでよー、王様。ボクも休めないじゃない」

「はは、それも悪い」

ヒナは王宮警護担当――レオンの傍に常に控《ひか》えている。彼の休む時間は他の部下に任せて自分も休むが、起きている間は密命を帯びない限りは傍で見守っている。彼の仕事を手伝うこともしばしばだ。

今日も夜は遅《おそ》くなるだろうな、とヒナは内心苦笑しながらレオンの作業を見守り――。

不意に、こんこん、と乾《かわ》いた音が響《ひび》いた。

ん、とレオンとヒナは同時に振《ふ》り返る。音がしたのは扉《とびら》からではなく、窓からだった。視線を向けると、一羽の鳥が留《とど》まって嘴《くちばし》でガラスを叩《たた》いていた。

ヒナは足早に向かい、窓を開けた。鳥の脚《あし》に括《くく》りつけられた紙切れを取る。

（ペイルローズの〈暗部〉から、連絡《れんらく》……）

定時連絡は朝と夕に来るようにしている。だが、それにしては中途半端《ちゅうとはんぱ》な時間だ。何かすぐに耳に入れたい話があるのだろう。

ヒナは素早《すばや》く開いて目を走らせ、微《かす》かに眉を寄せる。

「何の報告だ、ヒナ」

背中にかけられるレオンの言葉。ヒナは少し口を噤《つぐ》んでから振り返り、淡々《たんたん》とした声で告げる。

「……ペイルローズで不審《ふしん》人物を発見。尾《び》行《こう》していたが、気づかれて交戦、負傷」

「……〈暗部〉の尾行を、看破されたのか？」

「うん、そうみたい。それで負傷もさせられている」

諜報組織である〈暗部〉は手練《てだ》れの密偵が集まっている。そんな彼らの尾行に気づくということは、相手もかなりの手練れだということ――。

そして最後に書き足された情報を見て黙考《もっこう》――ヒナは視線を上げる。

「尾行した相手は取り押《お》さえた――けど、自害した、と」

その言葉にレオンも視線を鋭《するど》くさせる。

情報を取られまいと自殺するのは、並々ならない相手の証拠《しょうこ》だ。それにまだその仲間たちがペイルローズに残存している可能性も高い。

（自害した男から推察される情報は、一切《いっさい》なし、か）

〈暗部〉の調査は徹底《てってい》している。身に着けている衣服や持ち物はもちろん、毛や皮膚《ひふ》についた微かな痕跡《こんせき》や靴底《くつぞこ》の土、臓腑《ぞうふ》に入っていたものまで検分する。

だが、そこまでして一切情報が手に入らなかった。

何より――〈暗部〉に匹敵《ひってき》する暗殺者たち。それはつまり――。

「……暗殺者集団、〈黒星《ヘイシン》〉の可能性がある、かも」

ヒナがその名を口にすると、レオンは目を見開いた。机の上に置いた手が握りしめられ、微かに震《ふる》える。彼女も深呼吸と共に胸の内を落ち着ける。

確証はない――だが、もしそうだとすれば、彼女も落ち着いていられない。

熟練の暗殺者集団〈黒星〉――雇《やと》うには莫大《ばくだい》の金が必要だが、腕《うで》は確か。そして何より金さえ払《はら》えば魔族ですら依頼《いらい》を引き受ける。実際、大戦中も〈黒星〉は魔王軍に雇われて、

〈暗部〉と水面下の激戦を繰《く》り広げ、血で血を洗う戦いを繰り広げた。

仲間を何人殺されたか、全く分からない——そして同時に。

（……王様の兄……先王を殺したのも、恐《おそ》らく〈黒星〉——）

レオンが平静さを欠くのも無理はない。彼はしばらく黙《だま》り込《こ》んでいたが、やがて視線を上げて深く吐息《といき》をこぼした。沈着《ちんちゃく》な眼差《まなざ》しでヒナを見る。

「〈黒星〉かどうか定かではないにしろ、〈暗部〉と互角《ごかく》の暗殺者たちがペイルローズに入り込んでいる——という認識《にんしき》で、間違いはないな」

「うん、それは間違いないよ。王様」

「ともなれば、エルドには尚更《なおさら》来てもらわねばならないな。〈暗部〉が遅《おく》れを取るとは思えないが、犠牲《ぎせい》は出るだろう」

犠牲が出れば、諜報網《ちょうほうもう》が手薄《てうす》になる——それは今後のことを考えると避けたい。レオンはしばらく黙り込んで目を閉じる。やがて、彼は瞳《ひとみ》を開いてヒナを見た。

その眼差しは知性と威厳に満ちた王としての鋭き視線——ヒナは自然と背筋を伸ばした。

「警戒《けいかい》指数をさらに上げる必要がある。〈暗部〉は王宮警護班を残して、ペイルローズに向かってくれ——王宮が手薄になるのは、致《いた》し方ない」

レオンはそこで言葉を切ると一瞬《いっしゅん》だけ迷うように視線を揺らし、言葉を続ける。

「現場判断も必要になる。従って、ヒナも向かってくれ。行動の裁量は、一任する」

「……っ」

ヒナは思わず言葉を詰《つ》まらせた。

彼の指示は、正しい。今の〈暗部〉の頭目はヒナだ。柔軟《じゅうなん》に現場で判断を下せるのはヒナをおいて他にはいない。

しかしそうなれば、ヒナはレオンの傍を離れることになる。

（……王様を守るのは、ボクの仕事、なのに……）

そんな心の想いに首を振る――違う、密偵としての仕事を優先しなければ。

正直な気持ちを覆《おお》い隠《かく》すように、彼女は弾けるような笑《え》みをこぼして胸を叩いた。

「任せてくださいよ、王様。ボクがきっちり露払《つゆはら》いをしときますんで」

「ああ、ヒナが行ってくれれば安心できる」

「へへっ、お任せを。でもボクが留守の間に、危ないこと、しないでよ？」

「それも分かっている。近衛騎士《きし》にはきっちり張《は》りついてもらうつもりだ」

レオンはそう告げると信頼を込めた眼差しでヒナを見つめてくる。彼女はそれを見つめ返し、精一杯《せいいっぱい》の笑顔で告げた。

「分かった――じゃあ、行ってくるね」

その言葉にレオンは一瞬だけ表情を揺らした。何か言いたげに彼は口を開き――だが、それを押し殺すように唇《くちびる》を引き結んだ。

そして、為政者《いせいしゃ》の顔をしてはっきりと告げる。

「ああ、頼んだ」

ヒナは頷き、踵《きびす》を返した。彼の顔を振り返らずに部屋を出る。廊下《ろうか》で控える近衛騎士を見やると、彼女は淡々とした声で告げる。

「〈暗部〉を率いてペイルローズに行く――不在の間、陛下をお願い」

「かしこまりました。命に代えても」

近衛騎士の声に頷き、ヒナは闇《やみ》の中に歩み出す。黒衣のフードを被《かぶ》りながら彼女は小さく吐息をこぼした。口には出さず、内心でぼやく。

(……無理やり笑うのには慣れていたつもりだけど……今日はしんどかったな……)

だけど今は誰《だれ》も見ていないから。

ヒナは物陰《ものかげ》に隠れると壁《かべ》に背を預けて俯《うつむ》いた。肩を小さく震わせ、吐息をこぼした。気を抜くとすぐに表情が崩れる。彼女は頬《ほお》を濡《ぬ》らしながら苦笑いをこぼした。

(先輩はすごいな……いつでも無表情だから)

そんな先輩を見習いたいけど、今だけは。

密偵ではなく、一人の少女のように、気弱に彼女は肩を震わせ続けた。

第一話　予期せぬ来客

episode 01

そこは王都から遠く離れた、北西の辺境。手付かずの自然に満ちているその場所はまさに田舎《いなか》という言葉が相応《ふさわ》しく、わずかな村々が点在するのみ。

その中の一つ、ルーン村の外れには掘立《ほったて》小屋が建てられていた。

一見、みすぼらしい外観だが、それは巧妙《こうみよう》に偽装《ぎそう》されたため。その中は居心地《いごこち》がいいように工夫《くふう》が凝《こ》らされた、温《ぬく》もり溢《あふ》れる木造の家になっている。

そこに暮らすのは仲睦《むつ》まじい夫婦《ふうふ》。一人は細身ながら鍛《きた》え抜かれた身体を持つ心優《こころやさ》しき青年。もう一人は小柄で愛らしい顔つきをした無表情な少女――。


その彼女は小さくむくれていた。

その正面に腰を下ろす彼女の旦那《だんな》――エルドは困惑《こんわく》しながら声をかける。

「クロエ……悪かったから、機嫌《きげん》直してくれないか」

「……直し、ません」

つん、とクロエは顔を背《そむ》ける。これ見よがしに頬を膨《ふく》らませ、絶対に視線を合わせない。怒《おこ》っていますよ、と態度で示している。エルドは頬を掻《か》きながら思う。

(朝帰りは、不可抗力《ふかこうりょく》なんだけどな……)

クロエが不機嫌《ふきげん》な理由は分かっている。

昨日、エルドは麓《ふもと》の村の旦那衆の宴《うたげ》に呼ばれて出て行った。男だけの宴会《えんかい》ということで、出かけたのはエルドだけであり、クロエは家に残っていた。

宴会は大いに盛り上がり、夜深くまで続いた。それでも宴の終わりにエルドは家に帰ろうとしたのだが、村人たちが引き留めたのだ。もう真夜中だから泊《と》まっていけ、と。

剣の腕が立つエルドは真夜中でも帰るのは難しくない。だが、村人たちの厚意《こうい》は無下にできず、その日は泊めてもらい、早朝に帰ってきたのだ。

(……一応、クロエには泊まるかもしれないぞ、と言っといたんだが)

そしてクロエはその言葉に頷いていた。「では先に寝《ね》て、いますね」とも言っていたのだ。

だが朝帰ってきてみれば、出迎《でむか》えた彼女はこのようにむくれていたのである。

(とはいえ、彼女が本気で怒っているわけではないみたいだけど)

普段《ふだん》は無表情な彼女は怒ったときですら表情を揺るがさず、ただ冷たい眼差しを向けてくるだけだ。だから、彼女は敢《あ》えて不機嫌そうにしているだけ。

要するに、構って欲しいだけなのだろう。

本当にかわいい嫁《よめ》さんだな、とエルドが内心で苦笑いをこぼすと、クロエはちらりとこちらを見て唇を尖《とが》らせた。

「……なんだか、心外なことを、思われている気が、します」

「いや、そんなことはないよ。クロエ」

エルドは表情を和《やわ》らげ、彼女を見つめて訊《たず》ねる。

「じゃあ、今は許してもらわなくてもいい。その代わり、傍に寄ってもいいかな」

「……好《す》きに、すればいいじゃない、ですか」

素っ気なくクロエは視線を逸《そ》らして言う。お言葉に甘《あま》えて、とエルドはクロエの傍に膝《ひざ》を擦《す》って移動する。すぐ隣を陣取《じんど》ると、彼女は顔を背ける——が、距離《きょり》を取ろうとはしない。肩が触《ふ》れ合いそうな距離でエルドは穏《おだ》やかに問う。

「茶でも煎《い》れようか?」

「……いりません」

「何かして欲しいことは?」

「……ありません」

「そうか。何かあったら声をかけてくれ」

「……はい」

律儀《りちぎ》に返事をしてくれるクロエ。エルドはその傍でぼんやりと視線を窓の外に向ける。外はいい天気で柔《やわ》らかい風が吹《ふ》いている。

外で昼寝《ひるね》すれば、きっと心地《ここち》よいだろう。穏やかな時間をクロエと過ごしたい。

そんなことを考えていると、ふとエルドの腕に何かが軽くぶつかった。

視線を向けると、クロエが視線を逸らしたまま、エルドの腕に頭を預けている。軽く頭を擦りつけると、彼女は小さな声で囁《ささや》いた。

「……寂《さび》し、かったん、ですよ」

途切《とぎ》れ途切れの言葉。淡々としているが、その言葉は少しだけ切なげで。

「久々に、一人の夜、でした。エルドさんがいなくて、一人でご飯を食べて、一人でお茶を飲んで、一人で夜空を眺めて。ごまかそう、と思って、酒を飲みましたが、味気なかった、です」

そう言葉を続けながら彼女はエルドの腕に手を添《そ》える。小さな手が縋《すが》るように彼の腕を捉《とら》え、徐々《じょじょ》にしっかりと掴《つか》んでくる。放したくない、とばかりに。

「一人で寝た夜は……寂しくて、切なくて、寒くて……物足りなかった」

彼女はそう言うと視線をようやくエルドの方に向けてくれる。その瞳は物欲《ものほ》しげに潤《うる》んでいて、こぼれた吐息も熱っぽい。

目が合うと、彼女は頬を朱《しゅ》に染めて軽く腕を引き、小さな声で続けた。

「……もう貴方《あなた》なしでは、生きられそうに、ないんです……」

その言葉は心臓を鷲掴《わしづか》みにするような威力《いりょく》があった。

理性がぐらりと揺れるのを感じ、エルドはたまらず手を伸ばす。彼女の肩に手をかけると、クロエは目を閉じて顔を上げる。吸《す》い込まれるようにエルドとクロエは唇を重ね合わせた。キスを通じて温もりが広がり、心が満ちていく。

やがて唇が離れると、彼女は自分の唇に触れ、少しだけ目を細めた。

「……温かい、です……エルドさん」

「ああ……熱いくらいだ」

「もっと温めて、ください……」

かわいいお嫁さんのおねだりは断れない。

エルドは華奢《きゃしゃ》な肩を抱き寄せ、顔を近づける。クロエも身体を預け、彼の熱を求めるように首に手を回し、唇を強く押し付けてきた。

彼女が満足するのには、もうしばらくかかりそうだ。

かの名高き〈白の英雄〉エルバラード・リュオン。その数々の輝《かがや》かしき功績の裏側で暗《あん》躍《やく》し続けたクロエ――だが、それを知る人は数少ない。

それもそのはず、クロエは凄腕《すごうで》の暗殺者であり、密偵。痕跡を残さず、記《き》憶《おく》にも記録にも残らない。あるのは何者かが暗躍したはず、という事実のみ。鮮《あざ》やかな手腕《しゅわん》でエルドに迫《せま》る凶刃《きょうじん》を退け、また戦場での彼の戦いを助けていた。

裏社会の住民から〈死神〉と呼ばれ、畏《おそ》れられるクロエ。そんな彼女と戦いを共にするうちに、エルドはその無表情の顔に隠された一面を知るようになる。そして、クロエもエルドと過ごすうちにその心をほぐし、彼にだけ心を許すようになった。

やがて、二人が結ばれたとき、一つの約束を交わし合った。

『全て終わった暁《あかつき》には――二人でゆっくり一緒《いっしょ》に暮らそう』

『大好きな、貴方の傍で、ずっと微睡《まどろ》んで、いたいから』

かくして魔王《まおう》亡き今、平和になったこの世界で二人はその約束を果たした。

そして現在、無表情カワイイ暗殺者はエルドと共にこの平和な世を楽しんでいる。二人で愛し合い、支え合い、笑い合って日々を過ごしていた。

二人が仲直りした後の昼下がり――エルドとクロエは家の裏でいつもの日課である手合わせに励《はげ》んでいた。

クロエは爪先《つまさき》で軽くフットワークを刻むと、鋭く拳《こぶし》を放つ。その一撃《いちげき》は小柄な彼女からとは思えないほど重たい。連続で拳を受け、逸らすようにエルドは受けてから、踏み込んで拳を返した。

クロエは身を屈《かが》めてそれを回避《かいひ》。そのまま地面を手で掴み、転がるように足元に踏み込むと、低い位置から回し蹴《げ》りを放つ。

エルドは腕を交差させてそれを受け止める。瞬間《しゅんかん》、腕に凄《すさ》まじい衝撃《しょうげき》が迸《ほとばし》った。

（……っ）

咄嗟《とっさ》に後ろに下がって勢いを殺したが、それでも腕が痺《しび》れる打撃《だげき》の強さ。エルドは軽く腕を振りながら目を見開き、小さく苦笑いをこぼした。

「さすが、なかなかの技だ」

「古代武術――いわゆる躰道《たいどう》における、卍蹴《まんじげ》り、の応用です」

そう答える間にクロエは跳《は》ね起きるように体勢を立て直し、エルドに踏み込んでいる。

鋭く放たれる拳の連続――それを上半身の動きだけでエルドは避けながら頷いた。

「卍蹴り、ね。普通《ふつう》の蹴りよりも圧倒的《あっとうてき》に重いな」

「普通の蹴り、はどうしても、力が逃《に》げます、から」

そう言いながら彼女はひらりと身体を回した。そのまま放つのは回し蹴り。エルドは片《かた》腕《うで》を持ち上げて受け止める――確かに重たいが、卍蹴りほどではない。

腕で払い除《の》けると、彼女はその蹴り脚で踏み込み、さらに拳を続ける。

「卍蹴りは、地面を掴むことで身体を固定し、蹴りの威力を余すことなく、伝えます――こんな風、にっ！」

クロエは回るように背を向け――ふっとその姿が視界から掻き消える。瞬間、迸った殺気に咄嗟にエルドは身体を半身に逸らした。

直後、びゅっ、と凄まじい音を立てて蹴りが身体の真横を通り過ぎた。

視線を下に向ければ、彼女は両手と片足を地面に突《つ》いて蹴り脚を放っている。

思わず冷汗《ひやあせ》がこぼれる。もし、これが直撃《ちょくげき》していたら、肋骨《ろっこつ》が何本か持っていかれていただろう。蹴りを放った姿勢のまま、クロエは淡々と告げる。

「ちなみに、これは同じ躰道の、海老《えび》蹴《げ》り、です」

「なるほどな――確かに」

クロエの蹴りの先に手を添える。普通の蹴りだと跳ね返る力があり、どうしても力が逃げるのだが、この蹴りの場合は身体を手で地面に固定している。

だから、力が一切《いっさい》逃げずに、純粋《じゅんすい》な蹴りの力を敵に伝えることができる。

エルドが彼女の足から手を離すと、クロエは側転の要領でひらりと立ち上がった。手をぱんぱんと叩いて手から土埃《つちぼこり》を払って首を傾《かし》げる。

「もう少し、続けますか？」

「ああ、そうだな。身体も温まってきたことだし――」

構えながらそう言いかけた瞬間、ふと風が緩やかに吹く。そこに交じった気配にエルドは思わず眉を寄せ、言葉を切った。

クロエは何も感じなかったようだ。エルドの態度に首を傾げる。

「……エルドさん？」

「ああ、いや。妙《みょう》な気配が、な」

「私は感じなかった――と、なると」

敵ではなく、純粋な手練れの気配――つまり。

「〈英雄〉、ですか」

「そのようだ。来客を迎《むか》える準備をしなければな」

「……また、レオンさんでしょうか」

クロエは無表情で一つ息をこぼす。いや、とエルドは軽く首を振り、風の方向に視線を向けながら軽く眉を寄せた。

「人間族の気配じゃないな――誰かな」

多種族が集った連合軍であるため、その中で〈英雄〉と称《しょう》される者は人間だけではない。エルフやドワーフ、獣人《じゅうじん》、中には魔族の〈英雄〉もいる。

（そうなると〈翠《みどり》〉か〈槌《つち》〉か――あるいは）

頭の中で候補を思《おも》い浮かべていると、ふとクロエが微かに眉を寄せているのが目に入った。

「……どうした、クロエ？」

「いえ……あの人だったら、嫌《いや》だな、と」

クロエは嘆息《たんそく》を一つつき、首を振りながら言葉を続ける。

「……私のことを、知っていますし……何より、お節介《せっかい》焼き、です」

「ああ、彼か。可能性はあるな」

エルドは納得《なっとく》して頷く。クロエは密偵である立場上、看破されるのを徹底して避ける。

だが、彼は理詰《りづ》めで〈死神〉の正体を突き止《と》めた、数少ない人物の一人だ。

すみません、と彼女は表情を完全に消して告げる。

「誰であろうと、おもてなしはしますので……用意、します」

「ああ、悪い。頼んだ」

クロエは頷いて家の方に足を向ける。エルドは家の正面に回りながら気配の方角を向いて腰に手を当てる。徐々に近づいてくる気配――研《と》ぎ澄《す》ませれば何となく正体は分かる。

やがて完全に正体を把握《はあく》したエルドは苦笑を浮かべた。

(……残念だったな、クロエ)

彼女の嫌がる人物が姿を現したようだ。しばらく彼は家の前で待っていると、軽《かろ》やかな足取りでその男は姿を現した。

マントを風に揺らしながら歩む痩身《そうしん》の青年。その見た目は初対面の頃《ころ》と全く変わらない。端正《たんせい》な顔つきににこりと笑《え》みを浮かべ、彼は穏やかな声で言う。

「久しぶりです。エルドくん。少し落ち着きましたかね」

「数年経《た》てばな。貴方は、相変わらずのようだが」

「エルフですから。終戦から今に至るまで、あっという間でしたよ」

その言葉と共に風が吹き、青年の髪《かみ》を軽く払い除ける――そこから見えたのは尖った耳。エルフの大きな特徴《とくちょう》の一つだ。

彼は大戦中、共に戦って〈英雄〉と呼ばれた戦士の一人。そして――クロエが数多《かずおお》くの〈英雄〉の中でも苦手とする人物。

〈匣の英雄〉――クラウス・ブローニングだ。

◇

クラウスと初めて言葉を交わし合ったのは、魔王大戦後期。

魔王軍が占拠《せんきょ》する砦《とりで》を連合軍で攻《せ》めているときだった。砦は山脈の入り口に構えており、ここを突破《とっぱ》しなければ魔族領に侵攻《しんこう》できない。

当然、守りは堅い。そこを突破するため、連合軍は兵力を集めて突破を画策。各地を遊《ゆう》撃《げき》していたエルドも一軍を率いてそこに合流。調練を繰り返しながら、いざ来る出動のときまで待機していた。

そこにクラウスは突然《とつぜん》姿を現し、声をかけてきたのだった。


「やぁ、こんにちは――エルバラード・リュオン将軍、でお間違いないでしょうか」

不意にかけられた言葉にエルドは視線を向ける。そこには旅装の一人の青年が立っていた。ひょろっとした頼《たよ》りない痩身に、端正な顔立ち――軍には相応しくない優男《やさおとこ》だ。エルドの周りにいる副官たちも怪訝そうな眼差しを向けている。

　だが、髪の間から覗《のぞ》く特徴的《とくちょうてき》な耳を見ると、エルドは何者か思い出した。

「貴方は――軍議の場にいた」

「ええ、クラウス・ブローニングと申します。連合軍に属するエルフの魔術師《まじゅつし》部隊を統率《とうそつ》しています。こうしてお言葉を交わすのははじめて、ですよね？」

　エルフの青年が手を伸ばして微笑む。エルドは歩み寄りながらその手を取った。

「ええ、はじめまして。クラウス殿。エルバラード・リュオンです」

　手を握ると意外にがっしりした感触《かんしょく》が返ってくる。文官らしからぬ、剣を遣《つか》う者の手だ。

　クラウスは目を細めると、手を離しながら訊ねる。

「調練の最中ですが……今、お時間は取れますか？」

「今でなくてはいけませんか」

「ええ、できれば。そして、人がいないところで」

「――バーノン、任せていいか？」

　傍にいる副官を振り返る。彼はすぐに頷いて笑った。

「ええ、お任せを。将軍」

「頼んだ。では、クラウス殿、こちらに」

　エルドは先導して歩き、調練を行なう兵士たちから離れる。クラウスは横目でそれを眺めながら感心したように言う。

「さすが巷《ちまた》では〈白の英雄《えいゆう》〉と呼ばれる方の軍だけある。かなり精強ですね」

「巷で〈匣の英雄〉と呼ばれる方にそう言われるのは、面映《おもは》ゆいものですね」

「おや、知っていましたか。好きで呼ばれているわけではないのですが」

「お互《たが》い、そうでしょう」

苦笑いをこぼし合いながら野営地を歩き、やがて見えてきた幕舎にクラウスを案内する。中に入ると、エルドはクラウスに椅子を勧《すす》めながら訊ねた。

「人払《ひとばら》いは、させています。ご遠慮《えんりょ》なくお話しください」

「感謝します。実は、少し策についてご相談がありまして」

「策……ですか。砦を落とすための？」

「ええ、できれば内密にことを進めたく、こうして足を運びました」

クラウスはそう告げながら椅子に腰を下ろす。エルドは向き合って座《すわ》ると、真《ま》っ直《す》ぐに彼《かれ》の目を見る。クラウスは真剣な眼差しでエルドを見つめた。

「魔王《まおう》軍が守る砦は堅牢《けんろう》です。魔術《まじゅつ》による障壁《しょうへき》も設けられ、力押しは困難です。となれば、搦《から》め手《て》で攻めざるを得ません」

「同感です。クラウス殿は何か考えがあるのでしょうか」

「ええ、兵糧攻《ひょうろうぜ》めを考えています」

クラウスの言葉にエルドはわずかに目を細めた。一つ頷いて言葉を返す。

「なるほど。確かにいい考えではあります。ですが、魔王軍は輸送部隊も精強。強襲《きょうしゅう》しても被害《ひがい》が大きくなるのはこちらの方です」

連合軍は数の利はあり、そのおかげで包囲や攻勢《こうせい》を保っていられる。だが、対して魔族《まぞく》は一人一人が精強――人間が十人束になってやっと勝てるか、というレベルの猛者揃《もさぞろ》いなのだ。輸送部隊を襲撃《しゅうげき》するにはかなりの犠牲を払うことになるだろう。

（それに……何故《なぜ》、ここで言う？）

その程度の考えならば、軍議の場で発案すればいい。

何もわざわざ人払いをし、エルドと二人で話すことではないのだ。眉を寄せていると、クラウスはふと視線を逸らし、辺りに視線を走らせ、ぴたりと幕舎の片隅《かたすみ》に向ける。

それから視線を戻《もど》すと、軽く咳払《せきばら》いをした。

「確かに生半可な戦力では、犠牲が大きくなるでしょう――ですが、動くのが貴方なら？」

「……僕《ぼく》が？」

エルドが目を見開くと、ええ、とクラウスは頷《うなず》いて目を細めた。

「単刀直入にお訊ねします。リュオン将軍――貴方は手練れの密偵を配下にしていますね。

様々な場所に潜《もぐ》り、情報を収集するための」

「……今時、誰もが密偵くらい持っていると思いますが」

「ええ。ですが、貴方の密偵はとびきり優秀《ゆうしゅう》です。貴方はあまりにも正確な情報を常に持っているのですから。そして恐らくその方は、暗殺も担っている」

「…………」

理詰めで語る言葉。確実に根拠《こんきょ》を得て、クラウスは語っているようだ。エルドが黙っていると、クラウスは懐《ふところ》から地図を取り出し、机の上に広げる――砦の周囲の地図。

「ご覧下さい。私も密偵を使って地形を調べました。結果、分かったのは魔王軍の輸送部隊は山の桟道《さんどう》を抜《ぬ》けてきている、ということです」

彼の指先が三つの桟道――崖《がけ》に沿った木の道を示す。

「その周りの山々は険しく、密偵たちが移動するのは困難でした。ですが、それは私たちの密偵だからこそ――貴方の密偵ならば、ここを踏破《とうは》することは可能ではありませんか」

クラウスの確信めいた口調。エルドはしばらく沈黙《ちんもく》していたが、やがてため息を一つ。

そして、声を上げる。

「クロエ、出てきて意見を聞かせてくれないか」

「……これは、仕方、ないですね」

その声は幕舎の片隅から響いた。するり、と幕をめくり上げ、小柄《こがら》な少女が入ってくる。そこは丁度、クラウスが先ほど視線で探《さぐ》っていた場所だった。

クラウスはわずかに口角を吊《つ》り上げ、軽く頭を垂れた。

「ご足労いただき、痛み入ります」

「挨拶《あいさつ》は無用」

クロエは短く言い放つと、エルドの傍《そば》に歩み寄って地図を見る。しばらく眺《なが》めてからエルドを振り返って一つ頷いた。

「……これくらいの山なら、余裕《よゆう》です」

「ここで魔族を討滅《とうめつ》することも可能ですか？」

「当然」

「なるほど……さすが〈死神〉殿《どの》だ」

クラウスが何気ない口調で告げた言葉に、エルドは微かに目を見開く。

（こいつ……クロエを〈死神〉だと知っている？）

警戒心《けいかいしん》を深める中、クラウスはこほんと咳払いをした。

「分かりました。その上で私の策をお話しします」

彼は瞳を光らせると、地図を指でなぞりながら続けた。

「リュオン将軍は影武者《かげむしゃ》を立てていただき、魔王軍――いえ、連合軍にすら気取られないようにこの陣地《じんち》を抜けて下さい。そして密偵《みってい》の手引きで山に潜入《せんにゅう》。そして、兵站《へいたん》を乱していただきたいのです」

「……兵站を、乱す」

クロエがおうむ返しに繰り返すと、ええ、とクラウスは頷いて悪戯《いたずら》っぽく微笑《ほほえ》む。意図を察してエルドはなるほど、と一つ頷いた。

「完全に断《た》つ、というわけではないのですね」

「ええ、その通り」

我《わ》が意を得たり、と大きく頷いたクラウスは不敵に笑った。

「兵站を切らせば、魔王軍は全力で打って出るでしょう。そうなれば連合軍は負けることはないでしょうが、大きな被害が出る。それは困ります。魔王軍には兵糧《ひょうろう》について強い不安を感じさせる程度でいいのです。そうなれば、兵站を乱す者を討伐《とうばつ》する魔族を差し向けるでしょう」

「それを片端《かたはし》から斬《き》っていけばいいのですね」

「そういうことです。砦の中の魔族が減れば、自《おの》ずと障壁を保つ魔力《まりょく》も少なくなります。いずれは綻《ほころ》びも出るはず――そうなれば、私の出番です」

「……〈匣の英雄〉なら結界術は、お手の物でしょうな」

クラウスの笑みに釣《つ》られ、エルドは苦笑《くしょう》を一つこぼした。クロエは鉄壁《てっぺき》の無表情でクラウスに視線を注いでいる――だが、微かに苛立《いらだ》っているように見えないように拳を握《にぎ》りしめている。エルドは素早く目配せした。

(……抑《おさ》えてくれよ)

(……分かって、います)

クロエは視線だけで応える。エルドはクラウスに視線を戻すと、静かな口調で訊ねる。

「一つよろしいですか？　クラウス殿」

「ええ、どうぞ」

「何故、彼女《かのじょ》――〈死神〉が自分の傍にいると分かりましたか」

「一つ一つの情報の積み重ねですよ、リュオン将軍」

クラウスは薄《うす》く笑うと、指を一本ずつ立てて告げる。

「リュオン将軍に差し向けられた刺客《しかく》は、私たちが排除《はいじょ》する前に常に消されていたこと。リュオン将軍の持つ情報は常に正確、かつ新鮮《しんせん》であること。リュオン将軍の移動経路と〈死神〉の出没《しゅつぼつ》情報が一致《いっち》していること……まだ聞きたいですか？」

「……なるほど」

想像以上によく調べている。その情報はどれも断片《だんぺん》だ。だが、彼はその違和感《いわかん》に気づき、さらに裏付けの情報を集めて繋《つな》ぎ合わせた。油断のならない相手だ。

クロエも警戒しているのか、殺気を絶やしていない。だが、クラウスは知ってか知らずか両手を挙げながら笑みをこぼす。

「ご心配なく。この件は吹聴《ふいちょう》するつもりはありません。むしろ、できるだけ秘密にして動いていただきたい——この連合軍は一枚岩ではないため、貴方のような裏で自在に動ける人間は貴重なのです。何なら支援《しえん》もさせていただきましょう」

その言葉にクロエはさらに拳を握りしめた。彼女に代わってエルドは口を開く。

「分かりました。貴方の策に従ってみましょう——ただし」

そして、エルドは瞳に気迫《きはく》を宿し、真っ直ぐにクラウスを見る。

「仮にクロエのことを一言でも口外すれば、命の保証はしませんし」

その言葉に込めた殺気を感じ取ったのか、クラウスの表情がはじめて強張《こわば》った。だが、すぐに頷いて真剣《しんけん》な表情になる。

「分かっております。私も仲間を護《まも》ることが至上目的なので」

「……なら、問題ありません。貴方の策に従ってみましょう。クラウス殿」

「クラウスで構いませんよ。敬語も必要ありません。堅苦《かたくる》しいのは苦手でして。その代わり、エルバラードくん、と呼んでも？」

「……エルドで結構だ。皆《みな》、そう呼んでいる」

「はは、分かりました。エルドくん」

エルドとクラウスの視線が交錯《こうさく》する。エルドはわずかに目を細め、クラウスは愉快《ゆかい》そうに唇を歪《ゆが》める。

「貴方は敵に回したくないな」

「こちらこそ。貴方たちは手ごわそうだ」

その言葉と共にクラウスは席を立ち、失礼します、と一礼してから幕舎を後にする。それを見届けてから、クロエは深呼吸を一つ。それからエルドの袖《そで》を掴んだ。

「……ありがとう、ございます。団長さん。口止め、してくれて」

「気にするな……まさか、クロエの隠形《おんぎょう》が破られるとはな」

「腹立たしい、限り、ですが……」

クロエは表情を揺《ゆ》らさずに声色《こわいろ》だけで怒《いか》りを示した。エルドは静かに首を振《ふ》って言う。

「だが、殺すのはダメだ――別にあの男は敵対する意思はない。むしろ、利用できる立場だろう。他の〈英雄〉から評判は聞いているが、悪いエルフではないようだ」

「……分かり、ました。が、もし敵対するようなら、真っ先に殺します」

「そういうときは止めはしない——信頼《しんらい》しているよ。クロエ」

その言葉と共にエルドが手を持ち上げて彼女の頬に軽く触れると、クロエは視線を微《かす》かに逸らした。そして、小さく拒《こば》むように言う。

「……団長さん、今は陣中《じんちゅう》ですので」

「……そうか、悪い」

エルドが手を下げると、クロエはほんの少しだけ寂しそうに瞳を揺らした。やがて小さく頷き、遠慮がちに言葉を続ける。

「でも……作戦が終わったら……私に、触れてください。貴方の熱を、ください」

そう告げた彼女は、少しだけ頬を朱に染めていて——。

その気持ちにエルドは表情を緩《ゆる》めると、ああ、と頷いてさりげなく顔を近づけた。そして頬に唇を触れさせると、クロエは微かに目を見開いた。

それから唇を尖らせ、腕《うで》を小さく抓《つね》ってくる。

「団長さん、今はダメ、だと……！」

「分かっているよ。ただ、報酬《ほうしゅう》の前払《まえばら》いだよ。密偵さん」

「……言い方が、毎回《まいかい》、ずるいです」

その言葉は淡々《たんたん》としていたが、隠し切れない嬉《うれ》しさが滲《にじ》んでいた。最後に甘えるように腕を柔らかく掴んでから手を離《はな》すと、クロエは表情を切り替《か》える。

「報酬を前払いして、いただいた以上は、きっちり仕事を、します」

表情が消える。気配が薄くなる。声が小さくなる。

頼《たの》もしい密偵の気配に、エルドは腰《こし》の剣《けん》に手を置きながら目を細めた。

「じゃあ行くか。兵站《へいたん》攻《ぜ》めに」

「ええ。まずは、影武者から、立てましょう」

そして、〈英雄〉と〈死神〉は静かに動き出した。


数日後、エルドは影武者を仕立て上げると、クロエたち〈暗部〉と共に陣地から抜け出した。そして険しい山中をまるで自分の庭のように駆《か》け回ると、桟道を損壊《そんかい》して回った。

あくまで人為的《じんいてき》に見せかけつつ、一部のみを破壊《はかい》するやり方は挑発《ちょうはつ》にも似ていた。それに乗せられた魔族の一部は輸送部隊の護衛のために出撃《しゅつげき》——そして、エルドとクロエは巧《たく》みな連携《れんけい》で暗殺した。

数日後、クラウスから砦の結界を一部攻略《こうりゃく》した、との連絡《れんらく》を受け、エルドとクロエは砦に急行。クラウスと共に結界の抜け穴《あな》に潜り込《こ》むと、その砦を内部から奇襲《きしゅう》。兵糧を欠き、兵力も欠いた魔王軍に抵抗《ていこう》する術はなかった。

かくして連合軍は犠牲《ぎせい》を最小限に最難関の砦を攻略した。以来、クラウスは進軍先で様々な奇策《きさく》を提案。エルドや他の〈英雄〉はそれに応え、作戦を実行した。表立って語られることはないが、クラウスは軍師としての役割もまた担《にな》っていたのだ。

◇

（その軍師殿と、また会う日が来るとはな……）

エルドは目の前にいるクラウスを見やる。家に上げた彼は床《ゆか》に腰を下ろし、クロエが出したお茶を美味そうに飲んでいた。

やれやれ、とため息を一つつくと、クラウスは心外そうに声を上げた。

「人の顔を見てため息とは失礼ですね。エルドくん」

「ため息もつきたくなる。クラウスとの初対面を思い出せばな」

「あはは、懐かしい話ですねぇ、本当に」

調子よく笑うクラウスに、エルドは釣られて笑みをこぼす。その一方でエルドの隣《となり》に座っているクロエは全くの無表情だ。それに気づいてクラウスは彼女に向き直る。

「改めて、お久しぶりです。〈死神〉——いいえ、クロエさん、と呼びましょうか」

「ご無沙汰《ぶさた》、しています。クラウスさんは今、エルフの里で隠棲《いんせい》、していたはずでは？」

「ええ、気ままな隠遁《いんとん》生活ですが、今回は貴方たちの王国で少し相談役を」

「……その貴方が、何故、ここに来たかは、気になるところです」

「それには同意だ。クラウス。一体どうしてここに？」

「どうして、というのは、二人を言祝《ことほ》ぐために決まっていますよ」

事も無げに告げられた言葉に、エルドはわずかに眉《まゆ》を吊り上げる。

「……僕たちが隠遁したこと、交際していることは、公になっていないはずだが？」

「そうですね。私も知りませんでした。が、先日、レオンくんから指輪の作成依頼《いらい》が来ましてね。それにぴんと来ましてて」

彼の視線がエルドの左薬指に向けられる。そこにはクロエとお揃《そろ》いの指輪が嵌《は》められている。なるほど、とエルドは事情を察する。

「そうなれば贈《おく》る相手はレオンの親しい人間と推理できるか」

「ええ。指のサイズもヒントになりましたね。それでレオンくんに聞いたところ、確証を得まして、こうしてお祝いのご挨拶に馳《は》せ参《さん》じた次第《しだい》です」

「……そういうことだったか」

場所もクラウスの情報網《じょうほうもう》ならすぐに特定できるだろう。別にエルドとクロエはここに住んでいることを隠《かく》しているわけではない。尤《もっと》も、レオンから直接居場所を聞き出したのかもしれないが。

「ただ、一応確認《かくにん》したいのだが」

「なんでしょうか」

「他の連中には、この場所は伝えていないよな？」

「え、伝えていませんが」

意外そうな表情を向けてくるクラウスに、エルドは眉を寄せて頷いた。

「それならいい――できれば耳に入れたくない連中がいるんだ」

「はて、誰《だれ》でしょう」

「特にアグニとシズナあたりだけど」

「……ああ、〈紅の英雄〉と、〈金の英雄〉ですか。それは、確かに」

クロエは納得したように頷いた。エルドと彼らの関係を知っているクラウスは苦笑を浮《う》かべながら一つ頷いた。

「あの子たちは本当にやんちゃですからね」

〈紅の英雄〉、アグニ・シャンカルと、〈金の英雄〉シズナ・リース・カンナギは、エルドと並んで武勇伝が語られる英雄であり、その実力はほとんど互角《ごかく》といえる。

アグニは重厚《じゅうこう》な方天戟を軽々と扱《あつか》う武人であり、シズナは体術を極《きわ》めた武人。エルドは剣において遅《おく》れを取るつもりはないが、それぞれの分野では恐《おそ》らく彼らが最強だろう。だからこそ、だろうか、彼らはエルドに対してのライバル意識が強い。

武勇伝の数でエルドが最強の英雄として評されているが、内心では彼らは自身の方が最強だと思っているのだろう。アグニに至っては会うたびに喧嘩《けんか》を吹っ掛《か》けてくる始末だ。出会えば即《そく》、戦いになりかねない。

〈正直、〈英雄〉級の人間と戦うのはもう御免《ごめん》なんだがな〉

あの二人と戦うとなると、魔竜《まりゅう》よりも苦戦するのが目に見えている。

「奴《やつ》らが来るなら、苦渋《くじゅう》の決断だが、この家を引き払《はら》うことも考えるぞ」

「……確かに。家を、壊《こわ》されかね、ませんし。村にも、被害が、でます」

エルドとクロエが頷き合うのを見て、クラウスは首を振って微笑んだ。

「大丈夫《だいじょうぶ》ですよ、この家のことは極秘《ごくひ》です。レオンくんも情報統制をきっちりしていますし」

「……そうか、なら、いいんだが」

安堵《あんど》の吐息《といき》を一つ。だが、クラウスは少しだけ首を傾げて付け足す。

「ただ、あの子たちは今、軍にも組織にも所属しておらず、各地で流浪《るろう》しながら魔物《まもの》を討伏しているらしいです——いずれは行き当たる可能性もありますよ」

「……奴らしいな。忠言痛み入る」

エルドが礼を口にすると、クラウスはいえいえ、と手を振った。クロエはエルドの傍にぴったりとくっつき、小さく励ますように囁いてくれる。

「そのときは、共に考え、ましょう。どんな決断であれ、私は貴方のお傍に」

「……ああ、ありがとう。クロエ」

愛《いと》しい人がそう言ってくれる。それが何よりの嬉しさだった。

エルドがクロエの手に触《ふ》れると、彼女は無表情で視線を上げる。そして柔らかく指先を絡《から》めてきた。気持ちを込めるように、丁寧《ていねい》な柔らかさで。そんな二人のやり取りを見つめるクラウスはしみじみとした表情で頷く。

「お二人とも幸せそうで——正直、意外なだけにこちらも嬉しくなります」

「……意外か？」

「ええ、貴方が妻帯するとは思っていませんでしたよ。最初に出会ったときから貴方は心《こころ》優《やさ》しき人物だと分かっていましたが、影《かげ》を抱《かか》えていましたから。それ故に、重く鋭《するど》い刃《やいば》を放っていた」

そこで言葉を切ると、クラウスはエルドの手に視線を向ける。

「――貴方の刃は、絶望の刃、あるいは死人の剣だと思っていました。いずれ剣にしか、生きる道を見出《みいだ》さなくなるのでは、と懸念《けねん》していました」

その言葉に苦笑をこぼした。随分《ずいぶん》と手ひどい評価だ。

だが、その気持ちは分からなくはない。あのときは長く続く戦乱に辟易《へきえき》とし、ただ無感情に敵を斬っていた。クロエがいなければ、いつ自暴自棄《じぼうじき》になっていたか分からない。

クラウスは視線をクロエに向けると、なるほど、と頷いて続ける。

「ですが、貴方という支えがいたのならば、納得です」

「……恐縮《きょうしゅく》、です。エルドさんを支えられていた、自信はない、ですが」

「クロエさんが支えていなければ、エルドくんは今頃《いまごろ》、生きていませんよ」

「確かに、それは違《ちが》いない」

エルドは苦笑をこぼし、クロエは黙《だま》ってクラウスの目を見やって呟《つぶや》いた。

「……貴方は相変わらず、よく人を見ています、ね」

「少しお節介焼きなだけですよ」

「ただ、鋭すぎるのが、玉《たま》に瑕《きず》、だと思います、が。察して欲《ほ》しくないことも、口にしてしまう――私は、貴方のそういうところが、嫌《きら》いです」

その言葉にクラウスは驚《おどろ》いたように目を見開き、やがて静かな笑みを見せた。

「思慮《しりょ》が欠けることが多いのは、いつも悩《なや》んでいます。ですが、性分《しょうぶん》ですので」

そう告げたクラウスは少しだけ諦《あきら》めを表情に滲ませていた。クロエは無表情のまま、小さく吐息をこぼして言葉を続ける。

「ただ――妻として夫の友人は、歓迎致《かんげいいた》しますので」

「それは、ありがたいです」

「嫁《よめ》として、当然のこと、です」

その言葉はどこか誇《ほこ》らしげに響《ひび》いていた。エルドが黙って彼女の髪に触れると、クロエはエルドを見て微かに目尻《めじり》だけで微笑んでみせた。

それからクロエは視線をクラウスの湯呑に向けると、音なく腰を上げた。

「お茶のお代わりと、お茶菓子《ちゃがし》を、用意します」

「ありがとう、クロエ。頼んだ」

クロエが厨《くりや》の方に消えていく。クラウスはその背を見送ってから小さく吐息をつき、苦笑をこぼした。

「正直、裏社会の評判から冷徹《れいてつ》で酷薄《こくはく》な人を想像していましたが――クロエさんは、心優しい方なのですね」

「ああ、公私の切り替えがきっちりしていて、仕事のときはちゃんとやるが、私的なときは優《やさ》しい人だよ。思いやりもしっかりしている」

「ええ、そうでしょうね。そうでなければ、あんな耳の痛い忠告をしませんよ」

「なら、反省してくれ。クラウス。相手の触れて欲しくない場所に、ずけずけと好奇心《こうきしん》の赴《おもむ》くままに踏《ふ》み入っていく——悪い癖《くせ》だ」

「あはは、貴方からも言われますか……これは本当に反省せねば」

クラウスは頭の後ろを掻《か》きながら苦々しい笑みをこぼした。だがすぐに目を細めると、エルドを真っ直ぐに見つめて告げた。

「……いい人に恵《めぐ》まれましたね。貴方《あなた》の影を支えられる、立派な人だ」

「ああ、それは同感だ。いい人と結ばれたよ」

「貴方がたに麗《うるわ》しき自然の恩寵《おんちょう》があるように、心から祈《いの》っています」

彼はそう言いながら両手を合わせて目を閉じた。エルフ流の静かな祈り。魔力が微かに散り、光を散らす。ありがとう、とエルドは囁《ささや》いて頷いた。

やがてクラウスは祈りを終えてから、こほん、と咳払いを一つした。

「さて——では早速《さっそく》ですが、お聞かせいただきましょうか」

その言葉と共に厳粛《げんしゅく》だった雰囲気《ふんいき》は消える。エルドが軽くまばたきをすると、クラウスは身を乗り出し、好奇心で目を輝《かがや》かせていた。

「エルドくん――クロエさんのどこを好きになったのですか？」

「……ああ、相変わらずだな。クラウス」

　エルドは思わず苦笑をこぼす。

（こいつは人の恋《こい》バナとか聞くのが好物だった）

　そういう馴《な》れ初《そ》め話や恋バナが好きであり、それを聞きたいがためにお節介を焼いている節もある。大戦中もつかの間の休息に、いろんな人の恋バナを聞いており、仲間たちが辟易としていたことを思い出す。

　そのときは趣味《しゅみ》が悪いと思ったものだが――。

　エルドはふっと笑みをこぼすと、クラウスの目を真っ直ぐに見た。

「聞きたいか？　クロエのかわいいところ」

「お、惚気《のろけ》ますか。まさかエルドくんからそんな言葉が出るとは」

「それはもちろん。だって大好《だいす》きな嫁さんだぞ」

　正直、村の生活は平和で静かだが、話し相手が乏《とぼ》しいという難点がある。それは悪いことではなく、エルドもクロエもこの環境《かんきょう》を楽しんでいるが。

（さすがに、村人たちには恋人《こいびと》のことを惚気づらいからな）

　その点、クラウスは戦友であり、惚気話も大好物だ。話し相手としては申し分ない。エルドは不敵に笑い、クラウスは目を輝かせ。

「やめて、ください」

クロエは軽快にエルドの後頭部を叩《たた》いた。ぱこん、と打撃音《だげきおん》が響き渡《わた》る。

「……クロエ、戻っていたのか」

エルドが頭を擦《す》りながら顔を上げると、クロエは無表情で頷いて告げる。

「……とっくに、お茶の準備は、終わっていました、から」

そう言いながら彼女はクラウスにお茶のおかわりを差し出す。残念、とばかりに彼は肩《かた》を竦《すく》めて湯呑を手にする。クロエはエルドにお茶を差し出しながら半眼を向けた。

「エルドさん……そういうことは、控《ひか》えてください」

「……悪い。軽挙だったか？」

「悪くはないのですけど」

エルドが湯呑を口に運ぶと、クロエはお盆《ぼん》を持ち上げて口元を隠しながら、視線を逸《そ》らした。

「……恥《は》ずかしい、じゃないですか」

その表情は隠れて見えないが、耳は真っ赤に染まっていて。

エルドはクラウスの方を見ると、彼は真剣な眼差《まなざ》しで一つ頷いた。

「――かわいいだろ、クラウス」

「ええ、かわいいです。確かに」

直後、ぱこん、ぱこん、と軽快な打撃音が二つ鳴り響いた。


「そういえばエルドくん」

日が暮れて夕食時、エルドとクロエがクラウスと共に食卓《しょくたく》を囲んでいると、クラウスはふと思い出したように言い、荷物に手を伸《の》ばす。

エルドが茶碗《ちゃわん》を置きながら彼を見やると、彼は荷物から手紙を取り出した。

「これを預かってきたのでした。どうぞ」

「ん、これは……？」

差し出された手紙を受け取る。差し出された宛名《あてな》はエルバラード宛《あて》。見覚えのある筆跡《ひっせき》だ。クロエは横からそれを覗き込んで微かに首を傾《かし》げた。

「女の、筆跡……ですね」

少しだけ不安そうな眼差しでエルドを見るクロエ。大丈夫、とエルドは彼女に笑い返しながら裏をひっくり返し、差出人を確かめた。

書かれた名前は『ヴィエラ・リュオン』。やはり、とエルドは一つ頷き、クロエは数秒考えてから、ああ、と頷いた。

「確か、エルドさんの、お姉さん」

「ああ、姉さんの名前だ」

ヴィエラ・リュオン——彼女はリュオン家の長女であり、同じ騎士《きし》として活躍《かつやく》するエルドの姉である。今は騎士として地方で勤務しており、エルドが軍を離れる前に挨拶をしたきりだ。

季節が変わる毎に家族とは手紙のやり取りをしているが——。

「……わざわざ何故、クラウス、さんが？」

「……確かに」

嫌《いや》な予感が込み上げてくる。深呼吸を一つし、エルドは手紙を開封《かいふう》。

中身を取り出して読み進めていき——じわじわと、冷汗《ひやあせ》が滲み出す。

クロエも横から無言で手紙を読んでいき、小さくぽつりと告げる。

「誤解、されていますね」

「……ああ、そうみたいだ」

前置きの挨拶や雑談などが交えられていたが――主題は一つだろう。

『エルド、なんで結婚《けっこん》したことを黙っていたの？』

姉の文句交じりの手紙を眺め、深くため息をついて視線をクラウスに向けた。

「クラウス、お前が伝えたな？」

「あれ？　言ったらダメでしたか？」

「……ダメではないが……」

クロエとの同居を隠しているつもりはない。

だが、姉には軍を離れる際、田舎《いなか》でゆっくり過ごすと告げただけだ。クロエとの関係はこの生活が落ち着いてからにしようと思っていたのだ。

「それに厳密には式を挙げていないぞ、僕たちは」

「でもまぁ、女性と同棲《どうせい》していると聞けば、普通《ふつう》は結婚していると思いますよね」

エルドは再度ため息をこぼしながら手紙を読み進めていく。

『別に貴方のことだから、何か思惑《おもわく》があるのでしょうけど。でも私のことを姉と思っているのならば、一度、お嫁さんを連れて顔を見せなさい。さもないと、このことを母さんにチクるからね』

脅《おど》し文句《もんく》の後に、身体に気をつけて、という取ってつけたような挨拶で結ばれた手紙。

それを読み終えると、エルドは眉間《みけん》を押《お》さえてクラウスを恨《うら》みがましく見る。

だが、彼は肩を竦めながら諭《さと》すような口調で告げる。

「そんな目で見ないでください。いずれにせよ、エルドくん、貴方がクロエさんと同居していることを伝えていなかったことに非があるのでは？」

クラウスの正確無比な指摘《してき》にエルドは言葉を返せない。

エルドも家族に黙っているのは不義理だと思っていたし、いずれクロエのことを家族に紹介《しょうかい》するべきだと思っていた。

だが、思いのほか、クロエとの暮らしが楽しくて幸せで。

家族のことをすっかり忘れていたのである。

ただ、過ぎたことを悔《く》やんでも仕方がない。

「……仕方ない。この際、姉さんにはちゃんと伝えないといけないか」

エルドはそう言いながら、クロエをちらりと見やる。彼女はその視線の意図を汲《く》み、彼の膝《ひざ》に手を置くと頷いてみせた。

「大丈夫、です。ご一緒《いっしょ》します。旦那様《だんなさま》。ご家族とは一度、お会いせねば、と思っていました、から」

「ありがとう、クロエ。手間をかけさせる」

「いえ——お食事の、お代わりは？」

「あ、悪い、ありがとう」

エルドがお椀《わん》を渡すと、クロエは囲炉裏《いろり》の上で温めている鍋《なべ》にお玉を伸ばした。せっせと具を多めに盛ると、はい、とお椀を返してくれる。

さりげなく肉を多めに取り分けてくれる配慮《はいりょ》に、エルドは目を細めて礼を告げる。

「ありがとう。クロエ」

「いえ、お気になさらず」

エルドはクロエがよそってくれた汁物《しるもの》を口に運ぶ。彼女が丁寧に作ってくれた汁《しる》は出汁《だし》が利《き》いていて美味《うま》く、心が満たされていく。

それを充分《じゅうぶん》に味わってから、視線をクラウスに向ける。彼はわずかにすまなそうに眉尻《まゆじり》を下げていた。

「すみません、エルドくん。勝手に話してしまって」

「いや、隠していたわけではないし。こちらも不義理があったから」

「とはいえ、私も責任の一端《いったん》がありますので」

彼はこほんと一つ咳払いすると、微かに目を細めて告げる。

「どうか、お二人を新婚《しんこん》旅行にご招待させていただければ、と」

「新婚……」

「……旅行、ですか」

エルドとクロエは顔を見合わせてから、クラウスに視線を戻す。ええ、と彼《かれ》は深々と頷きながら訊《たず》ねる。

「新婚旅行。式を挙げていないので、婚前《こんぜん》旅行、というべきかもしれませんが。二人は引退してから、その手の旅行は行っていませんよね？」

「確かに行っていないが」

「基本的に私たち、いろんな戦場、を駆け回りました、から」

「そういう戦いとかではなく、普通に新婚旅行――二人でのんびりしながら、愛を深め合う旅行に興味ありませんか？」

その提案にぴくりと肩を震《ふる》わせたのはクロエだった。自分の指輪に視線を落としてから、ちら、とエルドの方を横目で窺《うかが》う。エルドは小さく目を細めると、クラウスに頷きながら告げる。

「確かに面白《おもしろ》そうだな」

「でしょう？　そこでお姉様のご挨拶を兼《か》ねて旅行をご提案します。私たちがそのおぜん立てをさせていただきますので」

「……ふむ」

エルドは腕組《うでぐ》みしながらクラウスを真《ま》っ直《す》ぐに見つめ、口を開いた。

「その申し出はありがたい。けど、クラウス」

「はい、何でしょう？」

「そうなると、新婚旅行先は姉さんの赴任地《ふにんち》、ということになる」

「その予定ですね」

「そこは観光都市、ペイルローズ――確か来月、サミットが開催《かいさい》されるはずだな？」

「……ええ、そうですね」

わずかにクラウスの視線が泳いだのをエルドは見逃《みのが》さない。なるほど、とクロエは小声で言い、クラウスを見やりながら訊ねる。

「何を企《たくら》んで、いますか？　クラウスさん」

「まさか、企んでいるなんて」

クラウスは軽く笑いながら首を振る――だが、その目は微かに泳いでいた。

お節介《せっかい》焼きで面倒見《めんどうみ》のいいクラウスだが、今回の訪問は妙《みょう》に段取りがいい。

レオンから情報を聞き出し、エルドの姉の元まで足を運んでいる。恐らく是《ぜ》が非《ひ》でもエルドとクロエをサミットの場に引き出したいのだろう。

エルドとクロエがじっとクラウスを見ていると、やがて気圧《けお》されたように彼は苦笑いをこぼしながら両手を挙げた。

「……降参です。確かに私たちに思惑があることも事実です」

「そんな、ところに、私たちが行くとでも？」

クロエの冷たく言い放った言葉に、クラウスは弱ったように肩を竦めた。

「できれば来ていただきたいと思っているのですが」

「……とのこと、ですが？　エルドさん」

クロエはちら、とエルドに視線を送って訊ねる。エルドが視線をクラウスに向けると、彼は真摯《しんし》な眼差しでエルドを見つめ返す。戦場で仲間と向き合う、いつもの彼の目つきだ。

「思惑はあります――けど、同時に二人にこの旅行を楽しんでいただきたいのもまた事実です。馬車や宿も手抜《てぬ》かりなく手配いたします。決してお二人の邪魔《じゃま》はしませんし、させないと誓《ちか》います――世界樹の精、ユグドラシルに誓って」

その言葉にエルドはわずかに目を見開く。ユグドラシルは古代から伝わる世界樹の名であり、エルフたちはそれを信仰《しんこう》している。その名に誓うということは、エルフで一番重い誓約を意味するのだ。

（……友人想《おも》いのクラウスが妙なことをするとは思えないし、恐らくこの一件はレオンも絡んでいる。下手なことには、ならないだろうな……）

　エルドが思考をまとめながらクロエを見ると、彼女は無表情に一つ頷《うなず》いた。彼は視線をクラウスに戻《もど》して苦笑いを返しながら告げた。

「分かった――まぁ、新婚旅行も面白そうだからな。招待されてやる」

「その分、いい宿を、用意してくれます、よね？」

「……ええ、もちろん。〈匣の英雄《えいゆう》〉の威信《いしん》にかけて」

　クラウスは胸に手を当てて微笑むと、悪戯っぽい口調で続ける。

「ご存知《ぞんじ》の通り、ペイルローズは観光都市です。海辺の温泉郷ですし、米酒に魚料理も豊富です――いろいろと楽しむことができるはずですよ」

　米酒、という言葉にクロエはぴく、と肩を震わせた。クラウスは気づかなかったようだが、エルドは見逃さない。

（クロエは米酒が好物だからな）

　それに美食にも興味津々《きょうみしんしん》だ。なんだかんだで楽しい旅にはなるだろう。エルドはクラウスを見やって告げる。

「手配は全て、任せていいか？」

「ええ、もちろんです」

クラウスは力強く頷いてみせる。彼は後方支援の腕前《うでまえ》も優秀《ゆうしゅう》だった。任せておけば手抜かりなく充分用意してくれるだろう。

「ただ、念のため計画は全て共有してくれ。クロエに確認してもらう」

「了解《りょうかい》しました。〈暗部〉のヒナさんに送らせます」

「ああ、頼んだ」

エルドは頷くと、クロエを見やる。彼女はまだ少しだけ怪《あや》しむようにクラウスを見ていたが、エルドの視線に気づくと少しだけ目尻を緩めた。

彼女は表情を変えずにただ楽しそうに瞳《ひとみ》を揺らして。

「楽しみだな。クロエ」

「はい、エルドさん」

そう答える彼女の言葉は、確かに弾《はず》んでいた。

第二話　観光都市ペイルローズへ

episode 02

　クラウスの電撃《でんげき》訪問から一か月後――。


　エルドとクロエはルーン村を発《た》ち、馬上の人になっていた。

　黒鹿毛の馬は二人を乗《の》せて、広々とした平原を軽快に進んでいく。澄《す》んだ馬蹄《ばてい》の音が響き渡り、空は晴《は》れ渡っていい天気だ。吹《ふ》き渡る風が頬《ほお》を撫《な》でて心地《ここち》よい。

　目を細めながらエルドは手綱《たづな》を握《にぎ》り直し、背後に乗るクロエに声をかける。

「クロエ、久々の馬だが、しんどくないか？」

「はい、大丈夫、です――騎馬《きば》は、いいですね」

　後ろのクロエは心なしか満足げな声だ。エルドの腰をしっかり抱《だ》きしめ、ぴったりと密着している。エルドは表情を緩めて言葉を続ける。

「辛《つら》くなったら言ってくれ。適度の休憩《きゅうけい》を挟《はさ》みながら移動しよう」

「はい、了解、しました。馬も、疲《つか》れすぎない、程度に」

「ん、そうだな。ペイルローズまでは、距離《きょり》がある」

エルドはそう言いながら軽く馬の鬣《たてがみ》を撫でた。

今回の旅行のために、クラウスに用意してもらった馬だ。馬車を用意する、と彼は言ってくれたが、エルドとクロエは断って敢《あ》えて馬だけにしてもらったのだ。

こちらの方が慣れている上に、ペイルローズまでそこまで離れているわけではない。馬を並足で移動させれば、朝に出て夕方につくくらいの距離なのだ。

それに馬車には御者《ぎょしゃ》が用意されるそうだが、馬だけなら二人きりで移動できる。

ちなみにクラウスにはペイルローズの門で出迎《でむか》えてくれるように頼んでおいた。

（やはり新婚旅行だからな、余人を交えずに楽しみたいし……それに）

「なんだか、懐《なつ》かしい、ですね」

後ろからのクロエの声にふと目を細めた。どうやら、彼女《かのじょ》も同じことを考えていたらしい。エルドは頷きながら言葉を返した。

「戦時はよく遠乗りに出かけたからな」

「ええ。途中《とちゅう》から、エルドさんの、後ろに乗せて、もらうようになって」

魔王《まおう》大戦の間は娯楽《ごらく》もない。兵たちは酒を飲んで騒《さわ》ぐか博打《ばくち》をするか、あるいは街に立ち寄った際に歓楽街《かんらくがい》で羽目を外すしかない。

エルドはそんな娯楽に興味はなく、付き合いで参加することがあっても積極的に加わることはなかった。その代わり、よく一人で馬を駆けさせていた。風に吹かれながら平原を駆けるのは、いい気分転換《てんかん》になったのだ。そんな遠乗りにいつの間にか、クロエがついてくるようになった。

『一人でいるときに、襲撃《しゅうげき》されたら、どうしますか。団長さん』

不用心だと指摘し、遠乗りに出かけたのを察知すると、すぐさまクロエは疾風《しっぷう》の如く走ってエルドの馬を追いかけた。

『どうぞ、お好きに、駆けて、下さい。遠乗りの邪魔は、しません、から』

そういう彼女だったが、いくら足が速くても馬の速度には敵《かな》わない。さすがに息を乱す彼女を見ていられず、やがて遠乗りに行くときは彼女を後ろに乗せるようにしたのだ。

（ああいった時間も、きっとクロエと仲を深める一助になったんだな）

互《たが》いに喋《しゃべ》らずに馬を駆けさせ、風と景色を楽しむだけ――。

ただ、その同じ時間を共有しただけだが、振《ふ》り返ってみればそういった積み重ねが今に繋《つな》がっているのだろう。

そしてこれからも積み重ねていく――この新婚旅行もまた。

「こうしてまた二人乗り《タンデム》で、旅ができるとは、嬉しい限り、です」

「そうだな。新婚旅行、楽しみだな」

「……はいっ」

その声は少しだけ弾んでいた。エルドは釣《つ》られて嬉《うれ》しくなりながら、これからのことに想いを馳せながら馬の手綱を握る。しばらく馬の揺《ゆ》れを楽しんでいると、ふとクロエが声をかけてくる。

「エルドさん、提案が」

「うん？　何かな」

「こうして馬を楽しむ、のもいいですが」

ふとクロエの声がわずかに熱を帯びた、気がした。腕《うで》に回された手に力がこもり、彼の腰が抱き直される。控えめに身体を密着させてくるクロエ。背中にクロエの身体の熱が伝わってきて、なんだかこそばゆい。

彼の背を支えに、彼女は馬上で少しだけ腰を浮かす。耳元に吐息がかかる。

「二人きりでしか、できないこと……しません、か？」

愛しい人の甘美《かんび》な囁きが鼓膜《こまく》をくすぐった。どくん、と胸が高鳴り、思わず身体が動きかけ——直後、ぶるりと馬が首を振った。

（……っ）

　手放しかけた理性を取り戻す。エルドは一つ深呼吸して小さくつぶやく。

「……危《あや》うくクロエの誘惑《ゆうわく》に乗るところだった」

「乗っても、いいんですよ？」

　その耳元での囁きは、二人きりでしか聞かせてくれない、甘《あま》えるような声だ。その声をよく聞くのは寝室《しんしつ》が主だ。

（けど、まさか馬の上で聞くことになるとは……）

　クロエは理性を揺さぶるように耳元で言葉を続けた。

「大丈夫です。誰も見て、いませんから」

「……随分、大胆《だいたん》だな。今日のクロエは」

「少し浮かれている、かもしれません」

　彼女はそう言いながら、背中を指先でぐりぐりなぞってくる。エルドは手綱を握り直すと同時に、理性もしっかり保って言葉を返す。

「正直、そのお誘《さそ》いは魅力的《みりょくてき》だが――お楽しみは、夜にとっておきたい」

　何せ、折角《せっかく》の新婚旅行なのだ。じっくりゆっくり楽しむのも一興だろう。

「……確かに」

　その言葉にクロエは納得《なっとく》したように一つ頷いたが、身体の密着は解かない。それどころか、彼の腰《こし》を絶妙《ぜつみょう》な力加減でつんつんと指先で突《つ》いてくる。

「……クロエさん。なんですか、その手つきは」

「引き続き、エルドさんを誘って、みようかと」

「お楽しみは夜にする、で納得してくれたのでは？」

「はい、一理ある、と思います。ですので、エルドさんに、一任します」

クロエはそう言いながら手を動かしている。腰の辺りを指先で撫で、胸板《むないた》に手を添《そ》える。

そうしながら悪戯《いたずら》っぽい口調で耳元で囁いた。

「私は貴方、をこうして誘い、続けるので——耐《た》えられたら、エルドさんの勝ち。耐えられなかったら、私の勝ち、という形で」

「……なるほど」

エルドは思わず苦笑《くしょう》をこぼした。確かにそれも一興だが。

「手綱を持っている僕《ぼく》は、クロエの手を防げない——随分と卑怯《ひきょう》だな？　クロエ」

「密偵《みってい》、ですので……使えるものは、使います」

クロエはそう告げると、ふふふ、と棒読みで悪役っぽく笑う。

「エルドさんは、私の魔《ま》の手に、耐えられる、でしょうか」

そう言いながら彼女はエルドの背中に顔を押し付けて吐息をこぼした。楽しそうなクロエの気配にエルドは少しだけ苦笑をこぼした。

（楽しそうだし、少し付き合ってあげるか――耐えきれるかは、分からないけど）

ただ、待っていれば好機はある。恐らく、彼女は失念しているようだから。

クロエが手段を選ばない密偵なら、エルドは騎士であることを。

◆
（――存外、耐えますね。エルドさん）

道中の休憩中、クロエはエルドと共に木陰《こかげ》で昼食を挟んでいた。地面に腰を下ろす彼女はエルドをちらりと見る。彼は平然とした顔で握り飯《めし》を食べていた。

「ん……今日の飯は塩がよく利いている」

「旅行中の食事なので、傷まないように多めにしました、ので」

クロエはそう言いながら、竹の水筒《すいとう》をエルドに差し出す。ありがと、と彼は軽く手で拝むと、それで喉《のど》を潤《うるお》した。喉仏《のどぼとけ》の動きに少しだけクロエは胸を高鳴らせる。

彼女自身も彼の身体に触れるたびに、どきどきしていた。

エルドの言う通り、お楽しみを夜にとっておくというのも同意できる。

だが、好きな人の背中が目の前にあるのである。手を出すな、という方が難しい。この道中、その身体の感触《かんしょく》や香りを心行くまで楽しんでいた。

だが、さすが騎士であるエルド。その悪戯に屈《くっ》せずにここまで来ていた。

（とはいえ、さすがにもう一押《ひとお》し、でしょう……）

クロエは内心でほくそ笑《え》む。彼女はエルドの妻──彼の弱点は把握《はあく》している。そこを攻《せ》め立てればさすがに彼も耐え切れないはずだ。

ただ唯一《ゆいいつ》の懸念点とすれば、エルドが何も考えていないはずがない、ということ。為《な》されるがままであるはずがない。何か狙《ねら》いがある、と思うのだが。

（エルドさんは何を仕掛《しか》けてくるでしょうか）

クロエはもう一度、エルドの表情を窺う。彼女の視線に彼は気づくと、少しだけ困ったように眉《まゆ》を寄せた。

「……勝負は続けるつもりか？」

「もちろん、です。逃《に》げる、おつもりで？」

「逃げるつもりはないさ。ただ──覚悟《かくご》しておけよ」

不敵な笑みを浮《う》かべるエルドに、クロエは一つ頷いて応える──内心、胸を少し高鳴らせて。

「できるもの、なら」

「よし。なら行こうか」

彼は握り飯を包んでいた葉を丸めて捨てる。クロエも立ち上がると、彼は一足先に馬の元へ歩み寄っていた。草を食《は》んでいた馬の首に掌《てのひら》を当て、鬣を手で梳《す》く。

それから鮮《あざ》やかにひらりと馬に跨《また》がる。相変わらず惚《ほ》れ惚《ぼ》れする身のこなしだ。彼は手綱を軽く捌《さば》くと、手をクロエに差し出す。彼女はその手を取り、彼の後ろに乗ろうとし――。

くい、と真横に腕が引かれた。すなわち、彼の正面へと。

（……え）

彼に身体を抱えられるようにして、彼の前に乗せられる。戸《と》惑《まど》いで一瞬《いっしゅん》固まったクロエをエルドは腕で抱き締《し》め、小さく耳元で囁いた。

「捕《つか》まえた――これなら、悪戯できないな？」

「う……」

身動きして彼の身体に手を伸ばそうとするが、抱きしめる彼の腕が優しく制してしまう――鮮やかに、身動きを封《ふう》じられてしまった。

エルドは小さく笑うと、馬をゆっくり歩かせ始めながら告げる。

「次の休憩までは悪戯はなしだ。お嫁さん」

「……仕方ない、旦那様、ですね」

彼の胸板に背を預け、小さく吐息《といき》を一つついた。

(ここでは一本、取られましたね)

とはいえ、彼は手綱で馬を制御《せいぎょ》しなければならないから、両手は塞《ふさ》がっている。精々、手を空けられたとしても片手が精一杯《せいいっぱい》。それならクロエも耐えられるはずだ。

ならば、次の休憩まで大人しく耐えればいい。

そう判断してクロエは視線を前方に向ける。視界が開け、風が吹いていて心地よい。それにエルドにすっぽり抱かれている安心感も悪くない。

仮に彼女が落馬しそうになっても、彼は受け止めてくれるだろう。

現に今もエルドはクロエの腰に手を回し、片手で彼女の髪《かみ》を梳いている。彼の大きな手がさらさらと優しく撫でてくれるのが心地よくて。

その違和感《いわかん》に、すぐに気づけなかった。

「……エルド、さん」

数秒経《た》ってクロエはぽつりとつぶやく。腰に添えられた彼の手に視線を落とし、頭を撫でる彼の手に意識を向ける。

「ん、どうした?」

「……手綱は、どうしました？」

「適当に脇《わき》にまとめてあるが」

　さも当然、とばかりの口調で告げるエルドは両手でクロエに触《ふ》れている。くく、と彼は押し殺した笑みをこぼしながら小さく告げた。

「クロエ、忘れていないか？　クロエは密偵だが、僕は騎士なんだぞ？」

（……あ）

　失念していた。エルドは普通に前線で剣《けん》を執《と》って戦っていたが、本職は騎士——つまり、馬を扱《あつか》うのに長《た》けている。馬を自在に操《あやつ》り、呼吸を合わせての急速反転も得意。

　手綱などなくても、腿《もも》の力で馬を抑《おさ》えてしっかり制御できるのだ。

　つまり、彼の両手は空いており——そして、目の前には無防備なクロエ。彼の指先が首筋をくすぐり、頬を撫でて、顎《あご》に添えられる。

「……先ほどは好き放題やってくれたわけだが」

　エルドの声が低くなる。気迫《きはく》が滲《にじ》んだ声が耳朶《じだ》を打ち、クロエは思わず身を震わせる。ぞくぞくとした直感が背筋を駆《か》ける。危機感に似た、何か。

　だが、クロエは逃げない。

（エルドさんから、与《あた》えられるものなら、私は、何でも受け入れる、から……）

第一、エルドはクロエの嫌がることを絶対にしない。彼女は微《かす》かに唾《つば》を飲《の》み込《こ》むと、後ろを振り返って淡々《たんたん》と訊ねる。

「そう、でしたね……どうしますか？　旦那《だんな》、様」

「そんなお嫁《よめ》さんは、躾《しつ》けないといけないな……さて」

彼はそっと顔を近づけ、覆《おお》いかぶさるようにしてクロエの額に口づける。それと共に彼の大きな手がクロエの身体をそっと撫でていく。

「クロエは次の休憩まで……耐えられるかな」

「望む、ところ、です……んっ」

強がってみせるものの――クロエの身体はすでに火照《ほて》っている。何せ傍《そば》にいるのは世界で唯一、心を許した恋人なのだ。そんな人が愛してくれている。

そんなこと、ときめいて嬉しすぎて、平常心を保てるはずがない。

（……今回は、完全に私の負け……ですね）

クロエが力を抜いてエルドに身を任せる。次の休憩は少し長くなりそうだ。

――そして、日が暮れた。

◇

「……随分遅《ずいぶんおそ》かったですね。心配しましたよ。エルドくん」

街を囲む門の前、そこには眉を寄せて立つクラウスの姿があった。

エルドは苦笑いをこぼしながら素早《すばや》くそこへ馬を寄せ、ひらりと飛び降りる。

「すまない、途中で少し長めの休憩を挟んでいたから」

「そうですか、まぁご無事なら何よりですが」

クラウスの声を聞きながら、エルドは馬上のクロエに手を差し伸べる。彼女はその手を取ってひらりと地面に着地し――かくん、と膝が揺れた。

「っと、大丈夫《だいじょうぶ》か？」

「……少し、足腰《あしこし》が。けど、大丈夫、です」

淡々と告げたクロエだったが、一瞬だけ恨めしい視線をエルドに向けてきた。何を言いたいかは分かる――『エルドさんの、せいですよ』だろう。

「大分、お疲れのご様子ですが……」

「少し、荒《あら》っぽい、動きでした、ので」

クラウスの問いにクロエは淡々とした声で答え、ちら、と視線をエルドに向ける。

「エルドさんも、ノリノリで、動いていました、し」

「ふむ、そんな荒っぽい馬を用意したつもりはなかったのですが……」

クラウスは不思議そうにエルドとクロエが乗ってきた馬の鬣を撫でる。エルドは苦笑い交じりに彼女の手をしっかり握り直した。

（クロエは途中で別の物に、必死に跨っていたからな）

思い出すと確かに激しい動きで、さぞクロエは疲れたことだろう。だが、彼女はそれを表情に出さず、淡々とした声で続ける。

「こんな悍馬《かんば》を乗り、こなせるのは私、だけだと思います」

そう言いながら、クロエはエルドに視線を向け、手を強く握ってくる。エルドは小さく笑って頷き、その手に指を絡《から》ませた。

そのやり取りをクラウスは眺《なが》めて、はて、と首を傾げていたものの、エルドが視線を向けると、クラウスはすぐに表情を引き締めて掌を街の出入り口である門に向ける。

「何はともあれ――お疲れ様《さま》です。ペイルローズまで、ようこそお出《い》でくださいました。中にご案内しましょう」

「ああ、頼《たの》む」

エルドは頷いてクロエの腰を軽く抱き寄せる。彼女もそれに従いつつ、腕を組むようにして身体を密着させ、満足げに吐息をついた。

そんな二人の前を先導し、馬の手綱を引いたクラウスは歩いていく。大門はすでに閉じられているが、彼は脇の小さな門を軽く叩《たた》き、衛兵に戸を開けさせていた。

「夜間は普通、通れないのですが——今回は特別です」

「……悪いな、夕方までに着く予定だったんだが」

「いえ、お気になさらず」

クラウスは軽く笑いながら衛兵に木札を見せる。紅《あか》い翼《つばさ》が記された木札はエルドも持っている、国際遊撃《ゆうげき》士の称号《しょうごう》だ。衛兵は敬礼を返し、三人を門の内側へ通してくれる。

エルドとクロエが門を潜《くぐ》ると、耳に飛び込んできたのは賑《にぎ》やかな喧騒《けんそう》だった。

「……夜なのに、明るい」

「ああ……それにすごく賑わっているな」

思わず二人が呟《つぶや》く中、その喧騒の前で振り返ったクラウスは微笑《ほほえ》みと共に告げた。

「ようこそ——観光都市、ペイルローズへ」

ペイルローズは海に面した大規模な街であるが、以前は小さな港町だった。

だが、魔王軍の侵攻《しんこう》によって蹂躙《じゅうりん》され、緑豊かな木々や自然ごと焼き払《はら》われてしまった。

王国軍が奪還《だっかん》した後は物資の集積所として活躍し、後方の兵站《へいたん》を大いに支え続けた。

そのため、大戦後も流通の仕組みが残っており、国王レオンハルトはそこに注目。

優秀な文官を多数投入し、そこを観光都市として再建したのである。

国境付近という立地もあり、多数の観光客がここを訪《おとず》れて賑わっている。観光面でいえば、モーゼル王国の中で一、二を争う盛況《せいきょう》を見せる街だ。


「……しかし、話には聞いていたが数年でここまで再建するとはな」

「ええ……計画された、観光都市、ですね」

エルドは思わず目を丸くしながら街を眺める。その腕を抱くクロエもこくんと頷き、物《もの》珍《めず》しげに辺りを見渡《みわた》している。

二人はクラウスに連れられ、ゴンドラに乗って街の中の水路を移動していた。舳先《へさき》に腰かけるクラウスは小さく笑い、その手に掲《かか》げたランタンを持ち上げた。

「お二人とも、来るのは久しぶりですか？」

「正直、最後に来たのは大戦中期、だな」

二人は戦時中、ペイルローズにいたことがある。戦況《せんきょう》が膠着《こうちゃく》した際に兵力を増強するべ

く、物資が集積するこの場で志願兵の調練を行っていたのだ。そのときは急造の倉庫が立ち並び、水路で物が頻繁《ひんぱん》に輸送されていた、まさに拠点《きよてん》だった。明かりなどはなく剥《む》き出しの土の上を兵士が行き交《か》い、荷馬車が走り回っていたのだが。

「……随分《ずいぶん》と綺麗《きれい》になったものだ」

視界に広がるのは、赤レンガと白亜《はくあ》を建材とした建物たちだ。整然と並んだ建物を等間《とうかん》隔《かく》の魔力《まりよく》灯が照らしている。水路の脇はきっちり石組みで補強され、ちらりと見える陸路はどこも煉瓦《れんが》や石畳《いしだたみ》で舗《ほ》装《そう》されている。その路面はゴミ一つなく綺麗なものだ。見違《みちが》えるような、美しい街。それだけでなく道は整然と東西南北に沿って引かれており、計画的に作られたことが分かる。青空の下で街を眺めれば、さぞ美しい眺めが広がっていることだろう。

クラウスは魔力でゴンドラを操作しながら目を細め、小さく告げる。

「ここまで効率よく街を再建できたのは、〈糧《かて》の英雄〉のおかげですが」

「そういえば、ここはあいつの拠点だったたか」

〈糧の英雄〉は文官でありながら英雄として称《たた》えられる数少ない人物だ。その名の通り、兵站を命がけで支えてくれた存在だ。兵站を繋ぐことに苦心し、食料を奪《うば》う賊《ぞく》がいれば自ら槍《やり》を手に取って討伐《とうばつ》に向かい、横領する文官がいれば容赦《ようしや》なく首を刎《は》ねた。彼のおかげで、エルドたちは後顧《こうこ》の憂《うれ》いなく戦い続けることができたのだ。

彼が手掛《てが》けた兵站拠点《へいたんきょてん》はどれも、効率よく物資を集積、発送できるように区画整理されている。その土台があったからこそ、速《すみ》やかにこの街が構築できたのだろう。

「彼の作った区画はそのまま維持《いじ》しています。北区、東区、西区、南区、中央区の五区画です。中央区を中心に四つの区画が取り囲んでいる感じですね」

そして、とクラウスは指を振って彼らが進んでいる水路を指し示す。街灯に照らされた水路は夜でも明るく照らされている。揺れる水面の上を滑《すべ》るようにゴンドラが移動していく。

「海から引き入れたこの水路と陸路を使うことで、四つの区をスムーズに行き来できるようになっています」

水路の流れは穏《おだ》やかであり、漕《こ》ぐのも難しくなさそうだ。現にクラウスは船を漕がず、魔力だけで操船している。三人が乗ったゴンドラの脇をすり抜けるように、別のゴンドラが行く。船頭が軽く会釈《えしゃく》するのに合わせて、エルドとクロエも会釈を返した。

ゆるやかに進むゴンドラは水路の上の橋をくぐっていく。馬車や人々がひっきりなしに行き交う橋を潜ると、クラウスはさて、と指を振りながら言う。

「北区に入りましたね。北区は観光地として整備された街です。温泉を中心に栄え、飲み屋や興行施設《しせつ》などが集まって栄えています――もちろん、宿泊施設《しゅくはくしせつ》もこちらに」

　彼の振った指に従い、水路を進んでいたゴンドラは向きを変えて別の水路へ。大きい水路から徐々《じょじょ》に細い水路へと入っていく。そこでも同じような建物が並んでいるが、どこか背が高くしっかりした建物が多い。ここにきっと宿場が集中しているのだろう。

　クロエはエルドの腕をしっかりと抱きながら、視線を水面に走らせている。密偵としての癖《くせ》で、いろいろ見てしまうのだろう。エルドがその頭に手を載せ、軽く髪を梳くと彼女はくすぐったそうに肩《かた》を揺らした。

　やがて彼はまた細い水路に。幅《はば》が狭《せま》いが、彼の操船が巧《たく》みで岩壁《がんぺき》にぶつかることはない。しばらく進んだ彼は船を一本の桟橋《さんばし》へゆっくりと近づけた。

「はい、到着《とうちゃく》しました。お二人のためにご用意した宿です」

　クラウスは掌を合わせて魔力を集中。ゴンドラの周りに〈匣〉を出現させて固定する。エルドは一度、クロエに腕を離《はな》してもらうと立ち上がって桟橋に飛び移る。振り返って、クロエに手を差し伸《の》べた。

　クロエはその手を取って桟橋に軽《かろ》やかに飛び移り、目の前に立つ建物を見上げた。彼女はぱちくりと瞬《まばた》きをすると、小さくつぶやく。

「……大きい」

「ええ。この街の中で一番の宿だと思います——その名も〈アークホテル〉」

「……匣舟《アークホテル》の宿、か」

名前からして、クラウスが関与《かんよ》しているのがよく分かる。小さく苦笑いをこぼしつつ、エルドはクロエと共に先導するクラウスについて桟橋を渡《わた》る。

桟橋は直に宿に繋がっており、こちらに気づいた従業員が重厚《じゅうこう》感ある木の扉《とびら》を開いた。

途端《とたん》に視界に広がったのは、瀟洒《しょうしゃ》な内装だった。

「おお……」

「……これは」

思わずエルドは感嘆《かんたん》の声を上げ、クロエも表情こそ変えないものの小さく声を漏《も》らした。

目の前に広がるロビーは広々とし、開放感のある吹き抜け構造。中央には赤い絨毯《じゅうたん》と見事な彫刻《ちょうこく》が施《ほどこ》された階段が伸びている。壁《かべ》にはステンドグラスが埋《う》め込まれ、室内の魔石灯の光を受けて妖《あや》しい輝《かがや》きを放っている。調度品も木製で品が良いものだ。

エルドは様々な国に招かれたことがあるが、それに匹敵《ひってき》する見事さだ。

「ふふ、見事でしょう。この地方の建物に合わせつつも、要所でエルフの技術を取り入れています」

「いや、普通《ふつう》に見事だと思う——そうだよな、クロエ」

「ええ、こんないい宿を手配いただけるとは」

「お二人の新婚《しんこん》旅行ですから。私も全力でお出迎えしますとも」

クラウスは微笑みながら告げ、カウンターに歩いていく。カウンターでは初老の紳士《しんし》が穏やかな物腰《ものごし》で一礼した。

「クラウス様、お待ち申し上げておりました」

「うん、ご苦労様。ロナウド。彼《かれ》らがお客様だ。丁重《ていちょう》にもてなすように」

「かしこまりました」

初老の紳士――ロナウドはエルドとクロエに向き直ると、丁寧《ていねい》に一礼する。

「当館支配人を任されております、ロナウドと申します」

「自分はエルド、こちらは妻のクロエです」

エルドは自己紹介《じこしょうかい》しながら後ろを見やる。いつの間にかクロエは手を離し、エルドの陰《かげ》に隠《かく》れていた。ロナウドは気分を害した雰囲気《ふんいき》もなく、にこやかに笑う。

「どうぞよろしくお願い致《いた》します――では、ご案内致します」

「うん、任せたよ。ロナウド。エルドくん、クロエさん、今日はここで」

ひらりと手を振るクラウス。おや、とエルドは少し眉を吊《つ》り上げる。

「行くのか？　折角なら夜食でも一緒《いっしょ》にどうかと思ったが」

「この後、少し約束がありまして。申し訳ありませんが、それはまた今度の機会に」

また顔を出しますね、とクラウスは笑って踵《きびす》を返した。

（……約束、か）

丁度、明日からサミットが開催《かいさい》される。クラウスはその準備もあるのだろう。エルドは彼の後ろ姿から視線を逸《そ》らすと、ロナウドの方を向いた。

「では、ロナウドさん――お願いしてもよろしいでしょうか？」

「ええ、もちろんです。全身全霊《ぜんしんぜんれい》を以《もっ》て、おもてなしをさせていただきます」

ロナウドは品のいい微笑みで告げると、綺麗に一礼してみせた。


用意された部屋もまた豪華《ごうか》だった。

壁材《かべざい》や床材《ゆかざい》は落ち着いた色合いの木。それに合わせた家具は全て緻密《ちみつ》な彫刻が施されている。テーブルや椅子《いす》も品が良く落ち着いたものだ。

部屋は二つに分けられており、もう一つを見れば巨大《きょだい》なベッドが置かれている。寝具《しんぐ》も見るからに高価だ。おまけにベランダに出ればペイルローズの夜景を楽しめる。

（全身全霊のおもてなし、という言葉に偽《いつわ》りはなし、か）

エルドは思わず感心しながら荷物を置き、案内してくれた支配人を振り返る。

「……最高の宿ですね」

「そう言っていただけて恐縮《きようしゆく》です。エルド様」

ロナウドは深々と一礼すると、掌で部屋の中を示す。

「氷冷庫にはお飲み物も用意しています。浴室はあちらです――お夜食はいかがしましょうか」

「そうですね、軽く何か持ってきていただけると」

「畏《かしこ》まりました。お酒もご用意させていただきます」

では、ともう一度ロナウドは頭を下げ、部屋を出ていく。それを見届けると、するり、とクロエはエルドの陰から滑り出た。部屋を今一度、見渡してため息をこぼした。

「……こんな部屋、なかなか、落ち着きません」

「確かに。客人として招かれることはあっても、こうして主賓《しゆひん》になることはなかったからな」

「――天井裏《てんじようら》に、隠れても、いいですか？」

「ダメだよ。お嫁さん」

確かに密偵のクロエなら、天井裏の方が落ち着くだろうが。

エルドは苦笑しながら部屋の真ん中に歩み寄ると、椅子を引いてクロエを手招きした。

「今回は新婚旅行だ。そこまで気を張らなくてもいい」

クロエは小さく頷《うなず》くと、エルドの引いた椅子に腰を下ろした。それでもまだ落ち着かなさそうにそわそわし、忙《せわ》しなく自分の髪飾《かみかざ》りに触れている。

普段《ふだん》、落ち着いたクロエからは見られない姿だ。思わず表情を緩《ゆる》めながら、エルドはその隣《となり》の椅子に腰を下ろす。椅子は木製とは思えないほど座《すわ》り心地《ごこち》がいい。

ゆっくりと腰を落ち着けると、扉がノックされる音が響《ひび》き渡る。

「どうぞ」

「失礼します」

穏やかな声と共にロナウドが部屋に入ってくる。お盆《ぼん》を手に二人の元に歩み寄ると、恭《うやうや》しい手つきで机の中央に軽食――サンドウィッチとナッツの小皿を置く。

「お供の酒は米酒をご用意しました。口当たりが軽めのものでございます」

「ありがとうございます」

ロナウドはてきぱきと酒のガラスボトル、グラスを並べて置くと恭しく一礼して部屋から出て行った。エルドはボトルを手に取ると、クロエに差し出した。

「ま、固くならずに楽しもう。クロエ」

「……それもそうですね」

クロエは小さく吐息をこぼすと肩の力を抜《ぬ》き、グラスを手に取った。エルドはそのグラスに米酒を注ぎ、ついでに自分のグラスにも注ぐ。

ボトルを置き、グラスを手に取ってクロエに微笑みかける。

「乾杯《かんぱい》だ」

「はい、いただきます」

澄んだ音と共にグラスを軽く合わせてから、エルドとクロエは酒を口に運んだ。口の中に広がったのはふわりとした米の甘味《あまみ》――上品な味わいに目を丸くする。

「おっと、これは――」

「すごく、いいお酒、ですね……」

クロエも表情を変えずに、だが、何度もまばたきしてその驚《おどろ》きを見せる。彼女はもう一度グラスを口に運び、ゆっくりと味わうように飲むと、たまらず吐息をこぼした。

「……雑味を極限まで、排《はい》した酒の旨味《うまみ》――究極の米酒、というべき、でしょうか……こんないいお酒を、用意していただける、とは」

「饒舌《じょうぜつ》だな、クロエ」

「この酒は、称賛《しょうさん》に値する、ので」

クロエはしばらく米酒だけをちびちび楽しむように飲む。瞬《また》く間《ま》に減っていく米酒――

エルドがボトルを持ち上げると、彼女は目を細めてグラスを差し出した。

彼女のグラスに並々と注ぐ。ありがとうございます、と彼女は囁《ささや》いて大事そうに酒を口に運んだ。エルドは表情を緩めながら、ナッツの小皿を引き寄せた。

「摘《つま》みはいかがかな？」

「……いただきます」

クロエは指先を伸ばしてナッツを摘《つ》まんだ。ぱくり、と口に運んで咀嚼《そしゃく》。すぐに米酒を口に運んでちびりと飲み、小さく吐息をこぼした。

「ナッツの、塩加減も最適――見事な、ものです」

「お気《き》に召《め》したようで何よりだ。ロナウドさんに礼を言わないとな」

「そう、ですね……というか、エルドさんも、召し上がって、ください」

クロエは微かに唇《くちびる》を尖《とが》らせると、ナッツを指先で摘まんでエルドの口元に運ぶ。エルドが口を開くと、彼女は口の中にナッツを放《ほう》り込んでくれる。

途端に舌先に広がる塩味――噛《か》み砕《くだ》くと小気味いい食感も楽しめる。程《ほど》よい塩加減につい酒に手が伸びてしまう。酒を口にすると、米酒の甘味が広がる。

「……確かに止まらなくなるな、これは」

「でしょう？」

ふふん、とクロエの眼差《まなざ》しはどこか得意げで――その頬《ほお》はもうすでに赤い。

「……クロエ、酔《よ》っている？」

「……かも、しれません。少し疲《つか》れたので、酒が回る、のが早いのかも」

でも、と彼女《かのじょ》は酒をまた一口飲んで、ほんの少しだけ目を細めた。

「疲れている身体でも、美味《おい》しく飲める、お酒です」

「程々《ほどほど》にな。折角の旅行を二日酔《ふつかよ》いで潰《つぶ》したくはないだろう？」

「大丈夫です、これくらいなら……というか、エルドさんも、飲んでは？」

「ん、そうだな」

酒を口に運びつつ、サンドウィッチに手を伸ばす。口に運ぶと野菜の食感と共に、ぴり、と辛子《からし》の刺激《しげき》が走った。程よい辛味《からみ》にまた酒に手が伸びる。

「……このサンドウィッチも侮《あなど》れないな」

「そうなんですね」

彼女はこくんと一つ頷くと、じっとエルドを無言で見つめ、ちら、ちらとサンドウィッチを横目で見る。無言のおねだりにエルドは表情を緩めてサンドウィッチを摘まみ上げた。

クロエの唇に近づけると、彼女は小さくぱくりと食む。

もぐもぐと少しずつ食べるうちに、彼女の瞳《ひとみ》が微かに見開かれた。彼女が酒に手を伸《の》ばす前に、エルドは自分のグラスを手に取り、彼女の口元に近づける。ん、と彼女は米酒で唇を湿《しめ》らせ、ちびちびと飲み、ふぅ、と満足げに吐息をこぼした。

「練《ね》り辛子《がらし》、でしょうか……絶妙な辛味です。どのように、作ったのでしょうか」

「ロナウドさんに聞いてみるか」

「そう、ですね……それにしても」

　クロエはふと真剣《しんけん》な眼差しでエルドのグラスに視線を落とす。エルドは少し眉を寄せて訊《たず》ねる。

「……どうかしたか？」

「いえ……恐《おそ》るべし、と思いまして」

「恐るべし？」

「はい。正直、たかが旅行、と思っていました。今までもいろんな場所を、旅してきて、いろいろ食べてきました――が、ここまで美味しいと思った、ことはありません」

　それなのに、と彼女はエルドのグラスに手を添える。エルドはグラスを持ち上げてもう一度彼女の唇に運んだ。小さな唇を酒で湿らせると、彼女は瞳を閉じて甘い吐息をこぼした。

　そして、瞼《まぶた》を開くと彼女は瞳を真《ま》っ直《す》ぐに輝かせ、嬉しそうに告げた。

「貴方《あなた》に飲ませていただけるお酒が、こんなに美味しいなんて、私は知りませんでした」

その眼差しにエルドは思わず言葉を詰《つ》まらせる。

彼女のあどけない言葉が嬉《うれ》しくて胸が震《ふる》えて――愛《いと》おしさが込み上げてくる。思わず抱《だ》きしめたくなる衝動《しょうどう》を抑えていると、彼女は胸に手を当てながらさらに囁く。

「これは食事だけ、じゃない。きっと景色も、音楽も、香りも、感触も。今まで何も感じなかったものが、貴方と一緒なら、色づいて見えるはず――そう思うと、私は、この旅行がすごく楽しくなって、きました」

「……クロエ」

もう、我慢《がまん》できなかった。エルドはグラスを机に置くと手を伸ばす。それに応えるようにクロエも彼に身を寄せ、腕《うで》を伸ばす。そのままエルドは彼女の小さな身体を抱きしめた。

クロエはエルドの首に腕を絡めて嬉しそうに抱きついていたが、ふと思い出したように少しだけ身体を引いてエルドと視線を合わせる。

「折角ですので、エルドさん」

「ん？」

「この豪華な部屋の……その」

少し視線を泳がせてから、頬を濃《こ》く赤く染め上げて。微かな囁き声で告げる。

「し、寝室《しんしつ》……試《ため》して、みませんか？」

「……っ」

それは思わずくらりと来る提案だ。エルドは頷くと立ち上がりながら、彼女の身体を横《よこ》抱《だ》きに持ち上げた。そのまま隣の寝室へ彼女を運んでいく。

寝室も大きく広々としていた。そして目を引くのは、中央の巨大な寝台《しんだい》。天蓋《てんがい》つきの瀟洒なベッドであり、二人が寝《ね》ても悠々《ゆうゆう》と広さがありそうだ。そのベッドに彼女を寝かせると、白いシーツの上に髪がふわりと散った。

「……ふかふか、です。とても、柔《やわ》らかい」

「お気に召したか？」

「はい。エルドさんも、どうぞ」

そう言いながら頬を朱《しゅ》に染めた彼女は両手を伸ばした。それに招かれるようにエルドはベッドに上る。ぎしり、と軽く軋《きし》み、二人の体重をベッドはしっかり受け止める。クロエは彼の顔を見上げながら、潤《うる》んだ瞳で囁いた。

「楽しい、新婚旅行にしましょう。旦那様《だんなさま》」

「ああ、もちろんだ。お嫁さん」

エルドは応えながらその頬に手を添えて唇を近づける。微かに触れ合った唇からは甘《あま》い酒の香りが漂《ただよ》っていた。酔ってしまいそうなほど、熱く甘い香り。

それを味わうように、二度、三度――それでは足りなくなって舌を伸ばしたのはどちらが先だっただろうか。次第《しだい》に二人は深く強く結びつき始めていた。

第三話　〈英雄〉の姉

翌朝、クロエはそわそわしていた。

表情は変えることなく仕草にも出さない。だが、内心では落ち着かない。

何故《なぜ》なら、これから出会う相手は恋人《こいびと》の家族なのだから。

（ヴィエラ・リュオン、さん、か……）

そもそもこの旅行の発端《ほったん》になったのは、彼女——つまり、彼の実の姉からの手紙なのだ。

エルドの家であるリュオン家は元々、東方に領地を持つ貴族だ。慎《つつ》ましく領地を経営しつつ、剣技を継承《けいしょう》。そして、代々騎士《きし》として王家に仕え続けてきたという。

ヴィエラはエルドの姉であり、彼が仕官する前から王国軍に従軍していた。今はこのペイルローズを含《ふく》めた地方一帯を管轄《かんかつ》する地方軍の騎士団《きしだん》に属しているという。

（何度か陰《かげ》ながら見ては、いるけど……どんな人かは、分からない）

クロエが考《かんが》え込んでいると、ふと目の前にカップが置かれた。視線を上げると、エルドが飲み物を持ってきてくれたところだった。

ここはホテルから少し離れた場所の、水路沿いにある一軒《けん》のカフェテラス——白亜の建物のテラスが飲食スペースになっており、行き交うゴンドラを眺めながら優雅《ゆうが》にティータイムを楽しめる。ここがヴィエラとの待ち合わせ場所らしい。

「ありがとうございます、エルドさん」

「どういたしまして。考え事か？　クロエ」

「はい……ヴィエラさんは、どんな方だろうか、と思いまして」

「姉さんのこと？　あまり細かく考えすぎなくてもいいんだが」

エルドは苦笑《くしょう》しながら正面に腰《こし》を下ろし、手で紅茶を勧《すす》めてくる。クロエは一つ頷いて紅茶を口に運んだ。ふわりと優雅な香りが口の中で広がる。

彼も紅茶を一口飲んでから、少しだけ目を細めた。

「……僕《ぼく》の家については知っているよな？」

「リュオン家、ですよね。東方の貴族で、騎士として王家に代々仕えてきた、と」

「そう。正確には剣士《けんし》の一族なんだけど。例に漏れず、姉さんも剣士だ。だから僕に、剣を教えてくれたのもヴィエラ姉さん、ということになるかな」

「では、剣の腕は立つ、ということですか」

「ああ、そうなるな。それで現在はここの騎士団に所属していて——と」

そこでエルドはふと何かに気づき、口を噤《つぐ》んだ。一拍遅《ぱくおく》れてクロエも気づく。行き交う人の中からこちらに近づいている気配がする。二人で道の方を見ると、黒髪《くろかみ》の一人の女性が歩み寄ってくるところだった。

「噂《うわさ》をすれば、だ」

エルドの声にクロエはすっと椅子から腰を上げる。女性はカフェテラスに入ってくると、エルドに向かって軽く笑いながら声をかけた。

「久しぶりね、エルド。元気にしていた？」

「ヴィエラ姉さん。ご無沙汰《ぶさた》しています」

「本当によ。クラウスさんから聞いてびっくりしたんだから――貴方が、お嫁さん？」

ヴィエラが視線をクロエに注ぐ。クロエも視線を返しながら一つ頷いた。

「クロエ、と申します。エルドさんと、お付き合いを、させていただいています」

頭の中で想定した受け答えを返しながら、クロエはヴィエラを観察する。

（――本当に剣士、だ）

彼女は私服――シャツとホットパンツという、王都で流行《はや》りのラフな服装をしているが、その腰に帯びているのは騎士団で支給される長剣《ちょうけん》。黒髪も一本に括《くく》り、さばさばとした魅《み》力《りょく》にあふれている。彼女は屈託《くったく》のない笑《え》みを浮《う》かべ、一つ頷いた。

「そっか、クロエさんね。エルドが世話になっているわ」

「いえ、そんな」

「二人とも立っていないで、掛《か》けたらどうだ？　姉さん、何か飲み物を買ってくるが」

「いいわ、私が買ってくるから。二人は少し待っていて」

彼女はそう告げると、エルドが席を立つ間もなくカウンターへ歩いて行ってしまう。クロエが席に腰を下ろすと、彼は少しだけ苦笑をこぼした。

「勢いのいい姉さんだろ」

「すごく……さばさば、していますね」

「ああ。思い切りはすごくいいよ」

そういうところは、エルドによく似ているかもしれない。そんなことを考えている間に、ヴィエラはカップを手に二人の席へ戻《もど》ってきた。

腰を下ろすと、彼女は視線をエルドに向けてわずかに眉《まゆ》を寄せた。

「ごめんなさいね、エルド。こうして呼び出す形になって」

「いや、気にしないで。姉さんに一度、話すべきこともあったし」

「そう、それよ。エルド」

彼女は小さくため息をこぼすと、クロエの方に視線を向ける。不意に向けられた視線に

クロエが緊張《きんちょう》すると、彼女は視線をエルドに戻した。

「エルド、なんで結婚《けっこん》していたことを黙《だま》っていたの？　また守秘義務案件？」

「守秘義務はないけど、そもそも誤解だ。まだ式は挙げていない」

「……挙げていないの？」

「ああ。正確には交際している、という程度の認識《にんしき》……だよな？　クロエ」

「はい。間違《まちが》いなく」

村ではよく夫婦《ふうふ》を自称《じしょう》するが、実際のところ、正式に契《ちぎ》りを交わしたわけではないのだ。

クロエは紅茶を口に運び、付け足すように続ける。

「婚約《こんやく》、くらいは言ってもいい、かもしれませんが」

そう言いながらさりげなくクロエは自分の指輪に触《ふ》れる。身体の一部のようにしっくり来て、着けていることが当たり前で――だけど確実にある、エルドとの絆《きずな》の証。

エルドも自分の指輪を指でなぞると、うん、と頷いて微笑んだ。

「そうだな。確かに」

それから彼はヴィエラにかいつまんでこれまでの経緯《けいい》を話す。クロエはエルド専属の密《みっ》偵《てい》であること。エルドとクロエは二人で平和を掴《つか》むために戦い続けたこと、念願叶《かな》って同居していること、式を挙げていないのは二人とも納得《なっとく》してのこと――。

「とはいえ、どこかで正式な契りは交わすべきだと思っている。その前後で姉さんたちには挨拶《あいさつ》するつもりだったんだ――悪い、姉さん。報告が遅《おそ》くなって」

エルドは深々と頭を下げる。静かに彼の説明を聞いていたヴィエラは、それを受け入れるようにゆっくりと頷いた。落ち着いた眼差しで弟を見つめて言葉を掛ける。

「ん、分かったわ……良かったわ、また妙《みょう》なことに巻き込《こ》まれているわけではなくて」

「妙なこと？」

「だって貴方、レオンハルト陛下のお気に入りじゃない。だからこれも作戦の一環《いっかん》で、偽《ぎ》装結婚《そうけっこん》とかして、どこかの国に潜り込んでいるのかと思っていたわよ」

「まさか。そんな大戦みたいなやり方は懲《こ》り懲《ご》りだよ」

エルドは苦々しく答え、それもそうね、とヴィエラは頷いた。その瞳に微《かす》かに憂いが見え隠れし、だがすぐに微笑んでその影を覆《おお》い隠す。

「いずれにせよ、おめでとう、エルド。それと、クロエさんも」

ヴィエラは視線をクロエに向けると、柔らかく微笑んで告げる。

「エルドを支えてくれて、ありがとう。貴方がいなかったらエルドはどこかの戦場で野垂れ死んでいたと思う――小さな密偵さんに、感謝を」

その言葉は真っ直ぐで柔らかくて――ああ、とクロエは内心で頷いた。

（本当に、エルドさんのお姉さんだ）

落ち着いた物腰や真っ直ぐな向き合い方は、リュオン家で培《つちか》われたものなのだろう。クロエは少しだけ目尻《めじり》を下げ、軽く頭を垂れながら言葉を返した。

「こちらこそ、エルドさんには、助けていただき、ました。何度も、何度も」

「ふふ、それなら良かったわ。これからも愚弟《ぐてい》をよろしく頼むわ」

「引き受けました。お義姉様《ねえさま》」

「……お義姉様、いい響きね」

くすりとヴィエラは嬉しそうに笑い、エルドに視線を向ける。

「いい人を見つけたわね。エルド」

「ああ、本当に。姉さんもいい人はいないのか？」

「いたら苦労しないわよ、全く」

ヴィエラは深くため息をこぼしながら紅茶を口に運ぶ。その横顔を眺めながら、ふとクロエは頭の中で素早《すばや》く計算する。

（エルドさんより年上ということは恐らく三十路《みそじ》前後――）

正直、もう結婚していてもおかしくない歳《とし》だ。なのに、いい人すらいない――。

「……ヴィエラさん、綺麗な方、なのに」

「ありがと。でも周りの男が貧弱《ひんじゃく》過ぎるのが良くないのよ」

「……貧弱？」

思わず首を傾《かし》げる。ヴィエラは騎士団所属――周りの男性は騎士ばかりで、貧弱とは程《ほど》遠《とお》いイメージがある。ちら、とエルドを見ると彼は少し苦笑して補足《ほそく》する。

「姉さんの基準は少し高いんだ。少なくとも、自分より強い人じゃないと、付き合うつもりはないらしくて」

「当たり前でしょう？　女なら一度は守られてみたいもの」

その気持ちは分かる、のだが。クロエは少し戸惑《とまど》いながらエルドに訊ねる。

「エルドさん、ヴィエラさんの、剣《けん》の腕って……」

「まぁ、さっきも言ったが、元々剣を教えてくれたのは姉さんだ。かなりの腕だよ」

「ちなみに、お二人はどちらの方が強い、のですか？」

その言葉にエルドとヴィエラは顔を見合わせ、やがて彼女は頷きながら言う。

「今はさすがにエルドの方が強いわよ。ね？　英雄《えいゆう》様？」

「ただ、十本のうち、三本は取られそうな気はするけど」

（……〈白の英雄〉相手に十本中三本取る剣の腕前《うでまえ》……）

そんな人より強い相手はこの街にどれくらいいるだろうか。クロエが戸惑いを隠すようにまばたきをしていると、エルドは小さく笑いながら言葉を続ける。

「今やこの街の騎士大隊長様だ。ウチの家族の中で一番偉《えら》いかもしれないな」

「元近衛騎士団長様がよく言うわ。全く」

エルドとヴィエラは軽口を叩《たた》き合い、笑い合う。二人の小気味よい雰囲気にクロエは目を細めながらお茶を一口飲んだ。

ヴィエラは楽しそうに笑っていたが、ふと何かに気づいたようにクロエを見つめた。

「そういえば、クロエさん――随分大人しい服を着ているのね」

「大人しい服、ですか」

「そう。かわいいカーディガンだけど」

自分の服を顧《かえり》みる。今日の服装は目立たないシャツとズボンの上に黒いバンダナ、いつものカーディガンを羽織った姿だ。目立ち過ぎず、かつ動きやすい服装である。

(本当はいつもの黒衣が、過ごしやすいのですが)

さすがにこの街中を歩くには逆に浮いてしまう。だからこそ旅行に出かける前、行商人から安く機能的な服を買い寄せたのだ。

「それ、クロエさんの趣味《しゅみ》?」

「趣味、というか……こういうの、しかなくて」

「……え」

ヴィエラの表情が強張《こわば》った。戸惑うクロエの前でヴィエラはエルドを振《ふ》り返り、じっと睨《にら》みつけた。

「——エルド、貴方ねぇ。クロエさんに満足に服をあげていないってどういうことよ。まさかお金が足りないとか言わないわよね？」

「い、いや、そういうわけじゃないが……」

「じゃあどういうことよ」

徐々に怒気《どき》を露《あら》わにするヴィエラに、困り顔のエルド。クロエは慌《あわ》ててヴィエラに声をかける。

「わ、私が遠慮《えんりょ》して、いるだけです……そもそも、私は仕事柄《しごとがら》、お洒落《しゃれ》とか、したこともなかった、ので……」

「あ……そっか、クロエさんは密偵だったものね……」

ヴィエラはすぐに納得して、ごめん、とエルドに片手で拝む。いいよ、とエルドは軽く手を振りながら、ちら、とクロエに視線を向けて何気ない口調で言う。

「でも、そうだな——折角《せっかく》なら、クロエのお洒落した姿を見てみたいかも」

「いいわね、それ！」

間髪入《かんはつい》れずに同意したのはヴィエラだった。え、とクロエが戸惑っていると、彼女は勢いよく席を立ち、太陽のような笑顔で告げた。

「クロエさん、私が服を見繕《みつくろ》ってあげるわ。一緒に買い物に行きましょう！」

突然《とつぜん》の提案に戸惑っていると、ヴィエラは目を輝かせながら言葉を続ける。

「一度、義妹《ぎまい》と買い物してみたかったの。ほら、私の兄弟ってみんなむさくるしい男たちばかりだから。それにいろいろお店知っているから、貴方に似合う服をきっと選べるわ」

「……似合う、服……私に？」

「ええ、必ずあるわ。だってクロエさん、可愛《かわい》いから」

ヴィエラの言葉に、クロエの心が少し揺《ゆ》れる——自分に、似合う服。

少し考えてから彼女は腰を上げ、そっとヴィエラの傍《そば》に。軽く手招きすると、彼女は首を傾げながら耳を寄せてくれる。

「……エルドさんの、好みの服……ご存じ、ですか？」

その言葉にヴィエラは再び満面の笑《え》みを浮かべ、肩を軽く叩いた。

「任せなさい。その辺も抜かりなくやるわ」

その断言が頼《たの》もしい。クロエはエルドに視線を向けて訊ねる。

「……いい、ですか？　エルドさん」

「ああ、もちろんだ。クロエ」

エルドはすぐに答えて目を細め、少しだけ照れくさそうに笑った。

「僕もかわいいお嫁《よめ》さんの私服姿を見てみたいからな」

その言葉が決め手だった。クロエは一つ頷くと、やる気満々の笑顔のヴィエラを見て軽く頭を下げた。

「では――お願いします。お義姉様」

「任せなさいっ！　エルド、荷物持ちをしなさい！」

「ああ、言われなくても」

エルドは笑いながら立ち上がり――ふと何気ない仕草で水路の対岸の建物を見る。クロエも気づいていた。妙な視線がへばりついている。

（……まぁ、気にする必要はないでしょうけど）

クロエは小さく吐息《といき》をこぼすと、エルドに声をかける。

「行き、ましょう。エルドさん」

「……そうだな。気にしなくてもいいか」

「です、です」

エルドはクロエの横に並ぶと、手を取ってくれる。自然なエスコートにクロエは胸を高鳴らせ、エルドと共に街の方へと足を踏《ふ》み出した。

■

遠ざかっていく三人の姿——それを遠くの建物から見る影があった。

土で汚《よご》し、迷彩《めいさい》効果を施した外套《がいとう》を被《かぶ》ったその人影《ひとかげ》は素早く辺りを見渡《みわた》すと、気配を殺しながら動き出す。人目を忍《しの》んだ動き——それもそのはず、彼は暗殺者である。

依頼《いらい》はこのサミットに出席する重臣の一人の暗殺。雇《やと》い主《ぬし》の命で数人の部下を率いてこのペイルローズの街に忍び込んだ。本来なら今日は中央区に忍び込み、虎視眈々《こしたんたん》と重臣の命を狙《ねら》っているはずだった——だが。

〈まさか〈白の英雄〉がこの街にいるとは〉

ぎり、と暗殺者は歯噛《はが》みする。

サミットに至る前の入念な調査では〈白の英雄〉エルバラード・リュオンの姿はレオンハルトの傍になく、足取りも掴めなかった。だから、極秘《ごくひ》の任務でこの国から離《はな》れているか、あるいは引退したのではないか、というのが彼の分析《ぶんせき》だった。

〈白の英雄〉の防衛能力は異常だ。かつて暗殺者の仲間たちが彼を殺すべく向かっていったが、全て消息を絶った。恐らく、彼に悉《ことごと》く斬《き》られたのであろう。

暗殺が通用しない鉄壁《てっぺき》の警護——それがいないのであれば、今回のサミットが大きな好機。そう判断し、部下たちを率いて彼はこの現地に足を踏み入れた。

だが、そんな彼にもたらされたのは〈白の英雄〉の目撃《もくげき》情報だった。

その情報がにわかに信じられず、自分で足を運んでみてみれば確かに〈白の英雄〉エルバラード・リュオンがいるではないか。彼は実際にその顔を拝んだことがあるから分かる。間違いない。

さらに彼が焦《あせ》ったのは〈白の英雄〉が接触《せっしょく》している相手だ。

接触しているのは、ヴィエラ・リュオン。彼の姉であり、この街の騎士団で大隊長を務める騎士である。二人は人目につくカフェテラスで堂々と談笑《だんしょう》している。

ただの雑談——いや、そんなわけがない。

このサミットが差し迫《せま》った時に家族同士の話などできるはずがない。恐らく何か思惑《おもわく》があってのことだ。彼はそう判断し、警戒心《けいかいしん》を強めていた。

（……嫌《いや》な予感がする。退くべきだな）

〈白の英雄〉がいるならば確実にその周囲に〈死神〉がいるはずだ。裏社会で暗躍《あんやく》した絶対なる暗殺者——恐らく彼《かれ》が姿を現している間に動き回り、邪魔者《じゃまもの》を消しているに違《ちが》いない。その魔《ま》の手がこちらに忍び寄るのは時間の問題。

雇い主の命に背《そむ》くことにはなるが、命あっての物種だ。彼はそう判断して動き出す。

――だが、結論から言えば、彼の判断は遅すぎた。


不意に魔力《まりょく》が迸《ほとばし》る。思考に耽《ふけ》っていた彼は一瞬《いっしゅん》反応が遅《おく》れる。それが命取りだった。瞬《しゅん》時《じ》に周囲に結界が発生し、閉《と》じ込められる。

咄嗟《とっさ》に彼は短刀を抜き、結界を斬りつけるがびくともしない。

（まさか、これは――〈匣の英雄〉の……！）

目を見開いた瞬間《しゅんかん》、〈匣〉の中に煙《けむり》が満ちていく。慌てて息を止めるが、すでにその煙をわずかに吸《す》い込んでしまっていた。指先が痺《しび》れ、感覚が遠ざかっていく。

（しまった、すでに〈死神〉、が……）

思考も痺れていき、暗殺者は〈匣〉の中で膝《ひざ》をつき。

瞬く間に意識を失ってしまった。


それを確認《かくにん》したクラウスは一つ頷くと柏手《かしわで》を一つ叩いた。〈匣〉を解除すると素早く物《もの》陰《かげ》に潜《ひそ》んでいた〈暗部〉の人間が気絶した暗殺者を縛《しば》り上げる。

「見事な手際《てぎわ》ですね、ヒナさん」

クラウスが振り返って告げると、その後ろに控《ひか》える少女は無邪気《むじゃき》に笑った。

「あはは、クラウス様のおかげですよ。大分時間の節約になっています」

それに、とヒナは視線を彼方《かなた》に向ける。そこには仲良く歩くエルド、クロエ、ヴィエラの姿がある。その三人を見つめて苦笑いをこぼした。

「三人が目立つ行動をしてくれているので、あぶり出しが楽です」

「図《はか》らずも囮《おとり》の役割を彼らは果たしてくれていますね」

このサミットに送《おく》り込まれた暗殺者は良くも悪くも手練《てだ》れである。街中に張り巡《めぐ》らせた情報網《じょうほうもう》を持ち、街の状況《じょうきょう》を常に把握《はあく》している。そんな中、堂々と〈白の英雄〉と騎士大隊長が接触していれば、絶対に気づく。

優秀《ゆうしゅう》な暗殺者たちはそれを勘繰《かんぐ》り、警戒《けいかい》の動きを見せる――その不審《ふしん》な動きをしてくれれば、充分《じゅうぶん》だ。ヒナの指揮する〈暗部〉で捕捉、確実に各個捕縛《ほばく》できる。

（まさか、彼氏《かれし》の家族にご挨拶しているだけ、とは彼らは想像すらしないでしょうねぇ）

クラウスは捕縛された男に同情の視線を向けながら、ふと思う。

（だけど、この男は多分……）

ちら、とヒナの方を見やる。視線の意味を悟《さと》り、彼女は残念そうに首を振る。

「尋問《じんもん》しますけど、多分〈黒星〉ではないっす。こんな場所で単独で動いているのは、あまりにも迂闊《うかつ》すぎる。それに〈黒星〉の構成員なら、すでに自害しています」

「……そうですか。やはり」

ヒナから作戦の合間に話は聞いていた。レオンの兄である先王、イージスを討《う》ったとされる暗殺者集団〈黒星〉──やはり捕捉するのは難しそうだ。

「恐らく民間人に紛《まぎ》れて、虎視眈々と好機を窺《うかが》っているのでしょう……忌々《いまいま》しい」

彼女の瞳が陰り、舌打ちする。だが、クラウスの視線に気づくと、あはは、とごまかすようにすぐに笑みを浮かべた。

「すみません、見苦しいところを」

「いえ、構いません……気持ちは分かりますので」

「そう言っていただけると助かります。いずれにせよ、〈黒星〉に限らず、鬱陶《うっとう》しい連中は排除《はいじょ》しましょう──ほら、またいたみたい」

ヒナは鋭《するど》く目を細める。彼女の視線の先では人影──味方の〈暗部〉が動いている。やがてその人影はヒナに向けてハンドサインを送る。それを読み解いた彼女はクラウスを振り返った。

「……クラウス様、また手伝ってもらっていいですか？」

「もちろん。何度でも構いませんよ」

「助かります──少し、平らな足場を作って欲《ほ》しいんですけど」

「ええ……ここでいいですか？」

「お願いします」

クラウスは手を合わせ、意識を集中。目の前に〈匣〉を出現させる。そこにひらりとヒナは飛び乗ると、外套から短弓《たんきゅう》を取り出した。素早く弦《げん》を張ると、矢をつがえる。

彼女が目を細める先にクラウスは視線を向ける。街中を走る水路──その一つの橋の下で何かが動いた。目を凝《こ》らすと、そこに人影が。

ヒナは息を止めると、矢を解き放った。風切り音と共に放たれた矢は弧《こ》を描《えが》いて橋の方へ向かっていき、真っ直ぐに闇《やみ》に吸い込まれた。

ばしゃ、と水音が微かに聞こえ、水面に波紋《はもん》が広がっているのが見える。

「──仕留めましたか」

「ま、一応。死体は水路にいる部下が回収します」

何事もなくヒナは告げ、やれやれとため息をこぼしながら口角を吊《つ》り上げる。

「全く、ゴキブリみたい。うんざりするなぁ」

そういう彼女は笑顔――だが、瞳は暗い殺意がゆらめいている。彼女は短弓を折りたたんで外套にしまうと、低い声を響《ひび》かせた。

「……王様の手を煩《わずら》わせるクズは、一人残らず殺すんだから」

その凍《い》てついた殺気にクラウスは身震《みぶる》いし、苦笑いをこぼした。

（……レオンくんは優秀な部下に恵《めぐ》まれましたねぇ……）

おっと、とヒナは軽く咳払《せきばら》いをし、すぐに無邪気な笑顔を浮かべる。

「すみません、またしても愚痴《ぐち》が。ボクとしたことが、うっかり」

「いえ。私も友人を傷つける者には容赦《ようしゃ》したくないですから」

「お、クラウス様とは気が合うなぁ。じゃ、次行きましょっか」

「ええ、そうですね」

二人は笑みを交換《こうかん》し合うと、次の場所を目指して移動を始めた。

◆

風切り音。そして、少し大きな水音が微かに聞こえた。

こちらに対する殺気を感じなかったクロエは気にもしなかったが、耳のいいエルドは聞こえたらしく、微かに眉を寄せて振り返る。ヴィエラは、気づいた様子がない。

（さすがエルドさん、ですね――けど）

今は新婚《しんこん》旅行中なのだ。クロエが彼の腕を抱き寄せると、彼はすぐに意識をこちらに戻してくれた。悪い、と優《やさ》しく微笑《ほほえ》み、空いた片手で頭をくしゃりと撫《な》でる。

その気配りが嬉しくて、クロエはエルドの腕を強く抱きしめる。

「大丈夫《だいじょうぶ》ですよ、エルドさん――気のせい、ですから」

「ああ、そうみたいだな。今は旅行を楽しもう」

二人で視線を交《か》わし合う。それだけで満ち足りた気分になれる。その二人の前を先導して歩いていたヴィエラは一軒の店で足を止める。

「ここでお買い物をしましょうか。私の行きつけの店なのよ」

そこは小さなお店だった。玄関口《げんかんぐち》が観葉植物で整えられ、扉《とびら》の上の看板には流暢《りゅうちょう》な飾《かざ》り文字が躍《おど》っている――『アパレルショップマリア』。

ヴィエラは慣れた様子で扉を開け、店の中に入る。からん、と響いたカウベル。その後に続いてクロエとエルドは中に入り――少しだけ息を呑《の》んでしまった。

彼らを出迎《でむか》えたのは壁《かべ》一面に吊るされた可憐《かれん》な洋服の数々だった。通路に並んだ棚《たな》には フリルがあしらわれたワンピースが所狭《ところせま》しと並び、通路の中心のマネキンにはドレス姿かと思えるほど、華美《かび》な服が飾られている。

クロエは気が付けば後ずさりし、そのことに自分で驚愕《きょうがく》する。

（……三十人の暗殺者に囲まれても、気圧《けお》されなかったのに）

今はこのいろとりどりな衣服に気圧されてしまっている。恐るべし、と思わずクロエが戦慄《せんりつ》する一方で、ヴィエラはくすりと笑いながら言う。

「大丈夫よ、これは看板商品。他にもいろんな商品があるの——マリア、いるー？」

「あら、その声はヴィエラちゃんね？　ようこそー……って、あら？」

ヴィエラの声に応じて奥《おく》から顔を出したのは一人の女性だった。尖《とが》った耳をした長身の女性はヴィエラの後ろに立つエルドとクロエを見て首を傾げる。

「珍《めずら》しいわね。ヴィエラちゃんがお友達をつれてくるなんて」

「私の弟よ。それとその婚約者《こんやくしゃ》さん」

「あら素敵《すてき》。というか、ヴィエラちゃんの弟、っていうと、まさか……」

「ええ。でも今日はただの客として扱《あつか》ってあげて」

「ふふっ、了解《りょうかい》したわ」

マリアと呼ばれた女性は店のカウンターから出ると、つかつかと歩み寄ってくる。クロエはエルドの陰《かげ》に控えながら、その女性を見上げた。

（大きい――）

エルフ、だろうか。エルドよりも背が高い。それに大人な雰囲気《ふんいき》だ。マリアが手を差し出すと、エルドはその手を取って挨拶する。

「エルドです。今日は、ただのエルドでお願い致《いた》します。こちらは婚約者のクロエ」

「ここの店主のマリアよ。噂はかねがね。そしてようこそ、私のアパレルショップに」

マリアは微笑むと両手を広げ、様々な服を見せる。その一方でヴィエラは壁の棚を眺《なが》めては、クロエの方を見やり、マリアに声をかける。

「そのクロエさんの服を見繕《みつくろ》いたいのだけど」

「ん……確かに素材はいいのに、服が、ね。分かったわ、ヴィエラちゃん」

ヴィエラとマリアは頷《うなず》き合い、商品について相談を始める。やがて方針が決まったのか、マリアがいくつかの服を手に取り、ヴィエラが手招きする。

「クロエさん、試着するわよ」

「は、はい……」

クロエは深呼吸しながら、ちら、とエルドを見やる。彼は励《はげ》ますように肩《かた》に手を置いて微笑んだ。それに背を押《お》されるように、彼女《かのじょ》は決然として前へ進み出る。

その様子にヴィエラは少し苦笑いをこぼし、安心させるように柔らかく言う。

「そんな緊張しなくてもいいわよ——マリアはプロだから、変な服にはしないわ」

「ええ、この店の看板の名に懸《か》けてね。ヴィエラちゃん、クロエちゃんのサイズ、測ってくれるかしら」

マリアが明るく笑いながらメジャーを投げてくる。ヴィエラは片手でそれを掴むと、腰をかがめてクロエに近づく。

「いいかしら。クロエさん」

「はい……胸周りは、気をつけて、下さい」

「ん、敏感《びんかん》なのかしら？」

「いえ。刃物《はもの》が、仕込《しこ》んである、ので」

淡々《たんたん》と告げるとヴィエラは微かに表情を引きつらせた。

「……いつも仕込んでいるの？」

「密偵、ですので。それに、そうでないと、エルドさんを、守れません」

「あの子もよく刺客《しかく》に狙われるからね……納得だわ」

やれやれ、とヴィエラはため息をつきながら慎重に胸周りを測る。クロエは邪魔《じゃま》にならないように腕《うで》を挙げながら首を傾げた。

「あの子、も？　もしかして、ヴィエラさんも」

「というか、リュオン家よね。エルドは名が売れすぎたから」

なるほど、とクロエは頷く。エルドの台頭を面白《おもしろ》く思わない人間なら、彼の身内であるリュオン家を狙うことを考えるだろう。クロエもそれを考え、身辺警護を入れる提案をしたのだが、エルドは首を振って受け入れなかった。

実際、何人もの暗殺者がリュオン家に差し向けられたという情報を掴んだものの、リュオン家は健在――そのときはエルドがすでに手を回していたと思っていたが。

「ただ、リュオン家を攻《せ》めたいなら、もう少し手勢を増やすべきだったわね」

膝をついたヴィエラはクロエの腰回《こしまわ》りを測りながら、苦笑い交じりに続ける。

「暗殺者や傭兵崩《ようへいくず》れに遅れを取るほど、私たちの母さんは弱くないわ」

クロエは動きそうになる表情を律する――それでも表情が微妙《びみょう》に引きつってしまう。それほどに驚愕すべき話だ。

（リュオン家は、暗殺者集団を、真っ向から撃退《げきたい》、した……？）

しかも聞く限り、撃退したのはリュオン家の母親のようだが。

（……義母様は、一体、何者……？）

一瞬考《いっしゅんかんが》え込んだクロエをヴィエラは見透《みす》かしたように小さく微笑んだ。

「母さんとはいずれ会う機会もあるわ。そうすればどんな人か分かるわ」

それから彼女はクロエの肩を一つ叩いて立ち上がり、マリアに声をかける。

「マリア、測れたわ」

「ありがと。ヴィエラちゃん。どんな感じ？」

ヴィエラは数字をいくつか伝え、なるほど、とマリアは小さく頷いた。

「分かったわ。それで、クロエちゃんの好みはある？」

「あ、分からない、ので……お義姉様に、お任せします……あと、その、エルドさん、好みになれれば……」

「……っ、なにこのかわいい子……」

「本当にかわいい義妹だわ……お義姉さんに任せなさいっ」

「はい、お願い、します」

少し不安だが、プロの仕立屋もいる。ここは思い切って任せるべきだろう。ヴィエラとマリアは意気揚々《いきようよう》といろんな服を見比べ、意見を交わし合う。

「マリア、流行りのファッションは参考程度にして、クロエさん自身を活《い》かす感じで」

「そうね、そうなると……黒系かしら。可愛さを前面に押し出さずに、クロエちゃんのスタイルの良さを引き立てる形ね」

「そゆこと。さすがマリア、分かっているわね」

「ふふん、任せなさい」

　意気揚々と服を探す二人を見ながら、思わずクロエは首を傾げる。

「……スタイルがいい、ですか？　私が？」

　ヴィエラやマリアに比べると、クロエは小柄《こがら》。とても女らしさがあるとは思えない。だが、マリアは首を振りながら微笑んだ。

「大丈夫よ。クロエちゃんは小柄だけど体型はとてもいいの」

「でも、そこまで……胸は、ありませんが」

「女の価値は胸や尻《しり》、顔で決まるわけではないわ」

　マリアは力強く断言すると、ヴィエラも激しく頷いて言葉を添《そ》える。

「それで判断する男も多いけど、少なくともエルドは違う――それは、クロエさんがよく知っているんじゃない？」

「……確、かに」

　彼は外見や種族、身分を気にせずにいつも真《ま》っ直《す》ぐに向き合う。それどころか状況によっては敵味方すら考えずに接する――そのことは、彼の敵だったクロエがよく知っている。

だから、いくら美しく大胆《だいたん》な服で着飾《きかざ》っても彼は見向きはしない。

　服が美しいことは認めるだろうが、その人に惹《ひ》かれることはないだろう。

「あくまで服は引き立て役よ。言ってしまえば剣であり、鎧《よろい》であり、道具である。だからその人に合ったものを選ぶのが最適解。服が主役になってはいけないわ」

そう告げるマリアの眼差《まなざ》しは職人そのものだ。そう言いながら彼女は棚から一つの服を取り出し、ヴィエラに見せる。

「こんな感じはどう？　クロエちゃんに合うと思うけど」

「いいわね。それをベースにして行きましょう。機能性も損《そこ》なってはいけないから、このブラウスを合わせて」

「……そうね、その辺かしら。手直しした方がいいかもしれないけど」

「今は仮で構わないでしょう」

選んでいく品々はどれも控えめながらも、洗練されたデザインのものだ。見る間に彼女たちは服を決めたのか、クロエを振り返って手招きした。

「さぁ、試着を始めましょう」

「エルドを魅了《みりょう》する服を選ぶわよ」

その二人の言葉は頼もしくて――不安感はいつの間にか、消えていた。クロエは一つ頷くと、彼女たちの後について試着室へと赴《おもむ》いた。

◇

よく意外に思われるが、エルドは芸術に関して詳《くわ》しい。

というのも、最強の英雄として名高い評価を得た彼は各国首脳や貴族の招待を受け、酒《しゅ》宴《えん》に出席することがしばしばあった。口実があれば断るようにしていたが、さすがに毎《まい》回そうもいかない。何度も出席するうちに煌《きら》びやかなドレス、豪華《ごうか》な食事、荘厳《そうごん》な音楽にもよく触れるようになった。

そういう贅《ぜい》を凝らした酒宴には解説役もいる。さすがに聞き流すわけにもいかず、相槌《あいづち》を打つたびにいろいろと詳しくなっているのだ。

そんな彼だからこそ、店にある衣服の価値がよく分かっていた。

（……これは古代文明から着想を得た、ゴシックロリータ様式をアレンジした服か。フリルの形状も見事――マリアさんは意外とこの手の造詣《ぞうけい》が深いのか）

感心しながら吊るされた衣服を眺めていく。女性以外の服も飾られており、見ていて飽《あ》きない。美術館のようにも思えてくる。

その次に目に入った服にエルドは思わず唸《うな》り声を上げた。

「和服風の衣服まで手掛《てが》けているのか……これはなかなか……」

「ふふ、気に入ってくれたかしら」

後ろから声をかけられて振り返る。マリアはどこか自慢《じまん》げな笑みを浮《う》かべ、マネキンに着せて飾られた着物に歩み寄る。

「これは東方の浴衣《ゆかた》から着想を得たわ。着やすいように多少アレンジしているけど」

「素晴《すば》らしい腕だと思いますよ。マリアさん。どれも見事な出来栄《できば》えで感心しました」

「そうかしら。ありがと、自信になるわ」

マリアは軽く片目を閉じると、エルドの肩をぽんと叩いた。

「さ、長らくお待たせしたわ。こちらにどうぞ」

「ありがとうございます。マリアさん」

礼を告げて彼女に案内されるまま、店の奥へと進んでいく。通路の奥にはカーテンが閉ざされた場所があり、その前でヴィエラは待っていた。

「クロエさん、エルドが来たわよ。大丈夫そう？」

「す、少し待って、ください」

クロエの声がカーテンの向こうから聞こえる。深呼吸するのを聞きながら、エルドも心構えを作る。期待に胸を膨《ふく》らませながら。

しばらくの沈黙《ちんもく》――その後にクロエの動く気配。

「……笑わないで、くださいね」

その声と共に試着室のカーテンが引かれ——エルドは目を奪《うば》われる。

フリルがあしらわれた可憐なブラウス、ふわりと膨らんだ漆黒《しっこく》のスカートが揺れる。彼女のスタイルの良さを引き出すように腰《こし》に巻かれているのは、コルセットベスト。首元にはタイが巻かれ、髪《かみ》の毛は丁寧《ていねい》に編み上げられている。

彼女の密偵《みってい》としての凜々《りり》しさを引き出しながら、可憐で美しくて——。

エルドが思わず言葉を失っていると、ヴィエラが脇腹《わきばら》を肘《ひじ》で突《つ》いた。

「……エルド、何か言ってあげなさいよ」

「あ、ああ、そうだな……」

頷いて言葉を探す。だが、クロエは首を振ると視線を逸《そ》らして淡々と言う。

「大丈夫です、エルドさん。そのお顔だけで、充分、伝わりました」

「そう、か？」

「はい、ですので、お言葉はお願いですから……その」

いつもの途切《とぎ》れ途切れの声がさらに小さくなり、唇《くちびる》の動きだけになる。

『二人きりのときで——さもないと嬉《うれ》しすぎて、身悶《みもだ》え、します』

そのまま彼女は胸を両手で押さえ、真っ赤な顔でエルドを見つめる。その可憐さにエルドも身悶えしたいのを必死に堪《こら》え、口の動きだけで応える。

『じゃあ、これだけ――似合っている』

『……っ』

クロエは無表情を必死に維持《いじ》。唇を微《かす》かに震《ふる》わせると、ん、と一つ頷いた。

「――マリア、どうしよう。見つめ合っている弟と義妹がめっちゃかわいい」

「しっ、邪魔しないの。ヴィエラちゃん」

微かな声が後ろから聞こえたが、気にならない。思う存分眺めてから一つ頷いた。クロエはそれを合図にそそくさと試着室に戻《もど》っていく。

「……もう、いいのかしら？」

マリアの遠慮がちな声に一つ頷き、エルドは深呼吸。高鳴る鼓動《こどう》を抑えながら振り返る。

「ええ、見事でした――買わせていただきます」

あとはホテルに戻った後に充分楽しめばいい。

「ふふ、ありがとう。ちなみにね、他にもクロエちゃんに似合いそうな服があるのだけど……どうしようかしら？」

その言葉に試着室の向こうでびくりと身を震わす気配。振り返ると、こそこそとクロエがカーテンを少しだけ開けてこちらを窺っていた。

目が合った瞬間、エルドの内心が見透かされた気がした。しばらくの沈黙の後、覚悟《かくご》を決めたようにクロエは視線をマリアに向けた。

「マリアさん、お願い、します」

「はいはい、お任せあれ」

楽しそうに応えるマリアは服を取りに棚の中へ消えていく。入れ替《か》わりにヴィエラが傍に立ち、エルドの顔を覗《のぞ》き込《こ》んで笑った。

「エルドのそんな顔、初めて見たかも」

「……見るなよ、姉さん」

無防備な顔を身内に見られるのはさすがに恥《は》ずかしい。腕で顔を隠《かく》すエルドをどこかヴィエラは優しい眼差しで見つめていた。


「――結局、いろいろ買っちゃったわね、エルド」

夕暮れ時、アークホテルの前――そこでエルドとクロエは、ヴィエラと向き合っていた。

二人の両手には様々な荷物。それを見てエルドは小さく笑う。

「ああ、だがいい買い物だったよ。姉さん。いろいろ付き合ってくれてありがとう」

ヴィエラの案内で、マリアの店以外にもさまざまな店を回り、買い物や買い食いを楽しんだ。街を知っているヴィエラのおかげで、ペイルローズの街並みを充分に楽しめた。

クロエもエルドの隣《となり》で一つ頷くと、軽く身を揺らして囁《ささや》く。

「いい服も、選んでいただけ、ました。お洒落とは楽しい、ものなのですね」

「ええ、そうよ……でも、クロエさん、その服でいいの？」

「はい……」

そういう彼女は軽く袖《そで》を振る——その姿は浴衣《ゆかた》姿《すがた》。紺色《こんいろ》の生地《きじ》を身に纏《まと》い、腰に巻いた淡《あわ》い緑の帯が映《は》える。普段《ふだん》着に、とヴィエラが選んでくれた一着だ。

「いつもの私服に似て、いますし、それに——」

軽く彼女は手首を返した。瞬間、彼女の手の中に短刀が収まっていた。

（袖の中に隠していたのか）

それを目にしたのも一瞬、軽く手を振るだけで短刀がどこかにしまわれる。まるで手品のような早業《はやわざ》だ。クロエは無表情のまま首を傾《かし》げた。

「道具もしまいやすい、ですから」

「……さすが元密偵……でも、隠居《いんきょ》したんだから、持ち歩かなくても」

「備えあれば、憂《うれ》いなし、です。加えて」

ちら、とエルドの方を見てから、クロエは淡々と言葉を続ける。

「エルドさんは、密偵である私も含《ふく》めて……その、好いて、下さっています、から」

そう告げた彼女の耳はほんのり朱《しゅ》に染まっていて。

あらあら、とヴィエラはにんまりと笑みを浮かべ、エルドに視線を移した。

「ちゃんとしっかり伝えているのね。自分の気持ちを」

「当然だろう……剣士《けんし》だぞ。僕《ぼく》たちは」

その一言でヴィエラは口を噤《つぐ》んだ。クロエも意味を悟ったのか、一つ頷いた。

（戦う者たちはいつ死ぬか分からないからな……）

だから愛《いと》しい人への気持ちは隠さない。クロエはエルドの手を握《にぎ》って想《おも》いを伝えてくれた。ヴィエラはやれやれと苦笑《くしょう》をこぼす。

「婚約《こんやく》してもエルドは変わらないわね。そんなエルドをクロエさんは受け入れている、と」

「はい、剣士であり、騎士《きし》であるエルドさんもひっくるめて、です」

そう告げるクロエの口ぶりは迷いが一切《いっさい》ない。ヴィエラは一つ頷いてエルドを見る。

「今一度、安心したわ――この子なら母さんにも紹介《しょうかい》できそう」

「当然だ。僕の嫁だぞ」

「そう言うなら、早く式を挙げなさいよね」

ヴィエラは笑ってエルドの肩を叩《たた》くと、二人の顔を順番に見て告げる。

「じゃあ、またね。貴方《あなた》たちの旅行中に時間を作るから、そのときにまた話しましょう」

「ああ、明日も仕事、頑張《がんば》ってな」

「またよろしくお願いします。義姉様《ねえさま》」

二人の言葉に表情を緩《ゆる》ませてから、ひらりと手を振《ふ》ってヴィエラは踵《きびす》を返す。その後ろ姿を見つめながら、クロエは小さく告げた。

「お姉さん、ですね。エルドさんの」

「ああ、そうだろう。自慢の姉だよ」

そして、とエルドは手を挙げてクロエの頭に手を置き、くしゃりと撫でる。

「クロエはそんな姉に認められた、大好《す》きな嫁さんだ」

「エルドさんはそんな、お姉さんに鍛《きた》えられた、素晴らしい旦那様《だんなさま》、ですね」

エルドとクロエは視線を交わし合い、目線だけで笑みを交換した。それから荷物を持ち直し、ホテルを振り返る。

「じゃあ、戻るか。クロエ」

そして、と手荷物を持ち上げてエルドは軽く笑いかけた。

「落ち着いたら、お洒落《しゃれ》したクロエを見せてくれるか？」

その言葉にクロエは頬《ほお》を染めながら少しだけ視線を逸らし。

こくん、と頷いてくれた。

かぽん、と湯桶《ゆおけ》の音を鳴らす。身体を流したエルドは一息つき、夜風を浴びる。

（……なかなか、豪華なものだな）

日がどっぷりと暮れた後、部屋に戻って食事を終えたエルドはベランダで湯を浴びていた。なんとも豪華なことに、そこは露天風呂《ろてんぶろ》になっている。

エルドは一息つくと、視線をその露天風呂に向けた——そこにあったのは壺《つぼ》だ。

普通《ふつう》より広いとはいえ、さすがにベランダ。広さは限られている。その空間を有意義に使える小型の浴槽《よくそう》——いわゆる、壺湯だ。人一人が入れる壺型で、近くにある蛇口《じゃぐち》をひねれば温泉が魔力で汲《く》み上げられて供給され、湯が冷えることはない。

早速《さっそく》エルドは湯を張ると、その中に足を踏み入れる。じんわりと心地《ここち》よい熱がたちまち身体を温めていく——壺の縁《ふち》に背を預けると、曲線が丁度いい。

「……これは丁度いいな……」

空を見上げれば、星空、眼下には夜景——なんとも贅沢《ぜいたく》な露天風呂だ。湯で身体が解《ほぐ》れるのを感じながら、心地よさにため息をつく。

（クロエも味わってほしいな、この湯は）

今、クロエは買ってきた荷物を整理しているはずだ。時間がかかるから先に入っていてくれ、と言われている。だが、こうして入ると一人で味わうのは勿体《もったい》ないように思える。

(温泉なんて……いつぶりだったかな)

モーゼル王国には、実は温泉があまりない。どちらかといえばエルフやドワーフの住んでいる地域の方が、温泉は多くあった。かくいうクラウスも温泉好きだ。

とはいえ、そちらの辺境まで行ったのは戦時中くらいのもの。

記憶《きおく》を辿《たど》っていき、ああ、と一つ頷いた。

(……修行《しゅぎょう》のとき、だったな)

最後に温泉を楽しんだのは、エルフの霊山《れいざん》に行ったとき。

エルドとクロエは〈聖の英雄《えいゆう》〉と共に、霊山に住む剣聖《けんせい》から手ほどきを受けるために霊山へと行ったのだ。そこには魔力が溶《と》け込んだ温泉があり、そこで生傷をよく癒《いや》したものだ。

激しい修行に明け暮れる中、つかの間の癒しの瞬間——。

それを懐《なつ》かしんでいると、ふと戸が開く音が響く。振り返ると、クロエがベランダに出てくるところだった。彼女は湯に浸《つ》かるエルドに視線を向け、首を傾げる。

「湯加減は、いかがですか?」

「ああ、丁度いい。かけ流しだから」

「贅沢、ですね。クラウスさんに、感謝しないと」

「間違《まちが》いない――ふぅ」

心地よい熱にエルドは小さく吐息《といき》をこぼし、クロエはその様子を眺めている。その視線にエルドは少し苦笑すると、壺の縁に肘を載《の》せながら訊《たず》ねる。

「クロエも入るか？」

「……一緒《いっしょ》に、ですか？」

「ああ。こんなに贅沢な湯なんだ。独《ひと》り占《じ》めは、申し訳ない」

「……お言葉は、嬉しいですが」

クロエは頬を染めながらエルドの方を窺ってくる。折角《せっかく》だから、とエルドは笑いかけると、彼女は少し視線を泳がせてからこくんと頷いた。

「……では、お言葉に甘《あま》えて」

彼女は着ていた浴衣の帯に手を掛《か》け、帯を解く。するすると落ちていく帯を見ながら、エルドは壺の底から腰を上げた。

「じゃあ、中の温泉に移るか。そっちの方が広いし」

この部屋はさらに豪華なことに、もう一つ室内の湯船が用意されている。そちらは高級な木材で拵《こしら》えられ、洗い場は畳敷《たたみじ》きと何とも豪華な仕様だ。

豪華すぎて落ち着かないが、そちらの方が二人でゆっくりできるはず。

だが、クロエは首を振りながら服を緩める。

「いえ、こちらでも私も入れる、のでは？」

「……そうか？」

「試《ため》して、みましょう」

帯がとぐろを巻いて床《ゆか》に落ちる。浴衣が滑《すべ》るようにはだけ、クロエの白い肌《はだ》が垣間見《かいまみ》える。肩を滑るように浴衣が解け、床に落ちる。

そして、一糸まとわぬ姿になったクロエは少し手で肌を隠しつつ、壺湯に足を踏《ふ》み入れた。エルドはできるだけ壺の端《はし》に寄り、スペースを空ける。

それでも彼女が座《すわ》る場所はなくて――だから、エルドの胡坐《あぐら》の上に半分乗るようにして、彼女は腰を下ろす。あふれた湯がこぼれだし、水音を立てて。

クロエは肩まで湯に浸かり、一つ頷いて少し目を細めた。

「入れ、ましたね」

「意外といけるな」

「すみません、エルドさんの上に半分、乗っていますが」

「気にするな。重くはないし」

「重いと言われたら、傷つきます」

クロエは少し軽口を叩くと、壺の縁に寄りかかって吐息をこぼした。無表情ながら少しくつろいだ様子で小さく囁いた。

「確かにいい湯、です」

「だな。夜空も綺麗《きれい》だし」

二人でしばらくのんびりと湯を味わう。足と足が重なり合う距離《きょり》だが、あまり互《たが》いに気にならない。家にいるときと同じような居心地《いごこち》の良さだ。

彼女は軽く髪を指で梳《す》きながら、口元を少し緩める。

「にぎやかなのもいいですが――エルドさんと、静かにしている方が、落ち着きます」

「同じくだ……また、温泉に来られたな」

「……ええ、そうですね。霊山、以来でしたか」

ふっとクロエは表情を和《やわ》らげ、懐かしむように目を細めた。

「あのときは傷に、湯が染《し》みましたが」

「そうだな。けど、大分傷の治りは早かった」

普通の温泉だと浸からない方がいいらしいが、霊山の温泉は魔力《まりょく》の効果で、傷が化膿《かのう》する心配がない。身体の疲《つか》れと傷の治癒《ちゆ》のためによく入ったのだ。

ほとんどのときは別々に入ることが多かったが時折、エルドとクロエは一緒に湯に浸かることもあった。

「ただ、そのときはまだ、付き合ってはいなかったな」

エルドが思い起こして小さく呟《つぶや》くと、はい、とクロエは頷いて言う。

「岩を挟《はさ》んで、背中合わせで、話して、いましたっけ」

「こうして空を見上げながら、な」

その頃《ころ》はクロエと共に何度も修羅場《しゅらば》を潜《くぐ》り抜《ぬ》け、互いに信頼《しんらい》関係を築き上げていた。それだけでなく特別な想いを抱《だ》き始めていたが、それは口にせず。

ただ、互いのことを想い、静かに身体を癒していた一時だった。

「……でも、今は違《ちが》い、ますね」

クロエの静かな言葉に視線を戻す。彼女は無表情だったが、微かに頬を染めている。ああ、とエルドは表情を緩めて頷いた。

「今は岩を挟んでいないし、向かい合っている。クロエの顔も見えるな」

「距離も、近いですよ」

クロエはそう言いながらほんの少しだけ目を光らせる。と同時に湯の中で彼女の足が動いた。ちょん、とエルドの横腹に足の指先が触《ふ》れる。

「こうやって、エルドさんに、ちょっかいを出せます」

つんつん、と指先で横腹がつつかれる——くすぐったい。

思わずエルドが眉《まゆ》を寄せると、クロエは唇を舐《な》めて挑発的《ちょうはつてき》に囁いた。

「やり返せるものなら、どうぞ」

「……よく言うな、クロエ」

この狭《せま》い壺湯の中だと、エルドは足を充分《じゅうぶん》に伸《の》ばせない。それを知っていてクロエは足だけで挑発《ちょうはつ》しているのだろう。湯の中でも今も、エルドの腹筋をつんつんと指で突き、悪戯《いたずら》を仕《し》掛《か》けながらも、表情はいつもの澄《す》まし顔だ。

（このまま、クロエを楽しませてもいいが——）

エルドも少し悪戯心が込み上げてくる。クロエの足先が滑り、また横腹を突こうとする。その瞬間《しゅんかん》を狙《ねら》い、エルドは湯の中で手を動かし、素早《すばや》く彼女の足を掴《つか》んだ。

「あ、捕《つか》まり、ました」

白々しい棒読み。エルドは苦笑しながらその足を抱《かか》え込んで押さえる。

「密偵が迂闊《うかつ》なんじゃないか？」

「しくじり、ましたね……どうする、つもりですか？」

捕まったにも拘わらず、クロエの表情は余裕《よゆう》たっぷり――それどころか、どこか期待するように頬を染めている。それに応えるようにエルドは指先で彼女の足をなぞっていく。

「そんな密偵さんには、お仕置きをしないといけないかもな」

湯の中で指先がクロエの腿《もも》、膝《ひざ》、太ももをなぞっていく。それにクロエは軽く身震いしながら、エルドの瞳《ひとみ》を食い入るように見つめてくる。

エルドはクロエの瞳を見つめ返しながら身を近づけ、手を伸ばし――。

その脇《わき》に、指を滑らせた。

「ひゃうっ」

素《す》っ頓狂《とんきょう》な声が上がり、クロエが大きく目を見開く。余裕が崩《くず》れたのを見て、エルドは笑《え》みをこぼした。

「油断大敵だぞ、クロエ――ほら」

エルドは両手を伸ばし、彼女の脇をくすぐる。クロエは唇を噛《か》んで耐《た》えようとするが、堪え切れずに身を捩《ねじ》り、焦《あせ》った声を上げる。

「エルド、さん、そこはダメ……あはっ、ははは、はっ」

耐えられず彼女の無表情が崩れ、笑みがこぼれる。新鮮《しんせん》な笑顔《えがお》に目を細めながらエルドはさらに脇の下をくすぐる。

クロエの数少ない弱点――そこが脇だ。

そもそも彼女は隙《すき》が何一つない密偵であり、脇腹を触《さわ》らせるという事態があり得ない。だからそこが弱点だと知るのは、彼女が唯一隙《ゆいいつすき》を見せるエルドだけだ。

（閨《ねや》を共にするまでは、僕もそこが弱点なのを知らなかったくらいだし）

油断した密偵の脇を容赦《ようしゃ》なくくすぐる。たまらずクロエは身を捩り、暴れて水を跳《は》ねさせる。だが、すぐにクロエは視線を鋭《するど》くさせ、足を動かした。

しなやかな感触《かんしょく》がエルドの肌に添えられる――その場所に、エルドは固まった。

そこは彼《かれ》の男としての急所、わずかに体重がかけられ、彼は表情を引きつらせる。

「――クロエ、さすがにそれは大人げないぞ？」

「はぁ、はぁ……エルドさん、こそ……どうかと、思います」

息も絶え絶えなクロエは足でゆっくりとエルドの下腹部をなぞり、踵を添える。じわり、とエルドの身体から汗《あせ》が滲《にじ》み出たのは、温泉のせいだけではない。

「……そこを踏んだら、後悔《こうかい》するぞ、クロエ」

「後悔させないでください、エルドさん……私だって、こんな結末、嫌《いや》です」

「くっ……卑怯者《ひきょうもの》め……」

「なんとでも。それが密偵、ですので」

互いに肩で息をしながら睨《にら》み合い――だが、その瞳は笑っていて。

次第《しだい》にエルドは笑みをこぼし、彼女も引き結んだ唇が緩み始めていた。さすがに我慢《がまん》できなくなり、エルドはクロエから手を離《はな》して両手を挙げる。

「悪かった、クロエ――でも、楽しかっただろう」

「……ええ、まぁ、それは認めます、けど」

クロエも吐息をこぼして頷き、足を急所から外した。二人は向き合って息を整える――

自然と、互いの表情は緩んでいた。

他の人が見ればクロエは無表情に見えるだろう。けど、確かに彼女は笑っていた。

「……ふふっ、温泉はやはり、いいですね。落ち着きますし」

彼女はエルドに視線を向け、少し甘えるような声で続ける。

「エルドさんとの、距離が近い、気がしますから――心も、身体も」

そういう彼女の瞳はどこか物欲《ものほ》しげに揺《ゆ》れ、軽く肩を揺らす。ちゃぷ、と水音が立ち、濡《ぬ》れた白い彼女の肩が星明かりで艶《なま》めかしく輝《かがや》き、エルドの理性が揺さぶられる。

「……もっと、近づいてみるか？」

エルドは冗談《じょうだん》めかした口調で言うと、クロエも唇の端をほんの少し吊《つ》り上げた。

「では、お言葉に、甘えて」

散々湯の中でじゃれ合い、肌を触れ合わせた。もはや互いに何の遠慮《えんりょ》もない。

自然とクロエは距離を詰《つ》め、エルドの膝の上に腰を下ろす。彼はクロエの腰に手を回して支えると、彼女もエルドの首に腕を絡《から》めた。間近な距離で見つめ合い、次第にその顔の距離も近づいていく。

唇が重なり合う。湯の熱よりも、クロエの身体の温《ぬく》もりが熱いくらいに伝わってくる。ついばむようなキスを繰《く》り返しながら、彼女は小さく囁いた。

「……エルドさんの身体、熱いですね……」

「クロエこそ」

「茹《ゆだ》ってしまい、そうです」

「なら、もう出るか？」

「……いえ、もうしばらく」

「そうだな。折角だから」

触れ合うだけのキスを繰り返しながら二人は微笑《ほほえ》みを交《か》わし合う。身体も心も完全に火《ほ》照《て》るのは、もう少し先になりそうだ。

第四話　喧騒から離れて

episode 04

昼下がりのペイルローズ——そこの水路を一隻《せき》の小舟《こぶね》が進んでいた。

ゴンドラではなく、ボートのような小舟。それを操《あやつ》っているのはクロエだった。彼女《かのじょ》は慣れた手つきでオールを漕《こ》ぎ、ふむ、と一つ頷《うなず》いた。

「なかなか、慣れれば、快適、です。これは」

「さすがクロエ——クロエに掛かれば舟《ふね》もお手の物か」

「当然、です。やはり舟にして、正解、でしたね」

ちら、とクロエは舟から陸路を見る。そこにはたくさんの人が行き交っており、橋の下を潜《くぐ》る間も足音と喧騒《けんそう》が耳に飛び込んでくる。

(さすが、観光都市——人が多いな……)

昼前は二人でペイルローズの街を練り歩いていたのだが、どこに行っても人が多く、だんだん辟易《へきえき》としてきたのだ。そこでホテルに戻り、ロナウドに頼《たの》んで使いやすい小舟を一隻用立ててもらった。

今日は観光よりも二人きりの時間を楽しみたい——そんな二人にぴったりな空間がこのボートだった。向き合って座るクロエがオールを握って緩やかに舟を進めている。

（……今日のクロエもかわいいな）

ふと今日何度目かになる感想を思う。今日の彼女はオフショルダーの黒いワンピースを着ている。腰にレザーのベルトを巻いてワンポイントにアクセントを加えている。髪を飾《かざ》っているのは、エルドが贈《おく》った髪飾《かみかざ》り。いつもの凛々しい彼女に、深窓の令嬢《れいじょう》のような雰《ふん》囲気《いき》が加わっている。

彼女は軽くオールを操りながら、エルドの視線にわずかに首を傾げた。

「……どうか、しましたか？」

「ん、似合っているな、と」

「ヴィエラさんのチョイス、ですから」

「道具の魅力《みりょく》を引き出せるのは、使い手の実力のうち、だぞ」

「ふふ、なら褒《ほ》められておきます」

武人らしい言い回しに少しだけ嬉しそうにクロエは表情を緩ませ、オールを漕ぐ。降り注ぐ日差しも心地よく、水音もまた耳に優《やさ》しい。とてものんびりした時間だ。

何となくクロエの目を見ていると、彼女は軽く首を傾げた。

　エルドは軽く口角を吊り上げる。彼女は少しだけ仕方なさそうに目尻《めじり》を緩め、ふと何かに気づいたように視線を動かした。ちょいちょい、と指で招いてくる。

　ん、と膝を擦《す》って少しだけ前に向かい、エルドは身体を倒《たお》す。

　彼女は細い指先を伸ばすと、彼の髪の毛から小さな木クズを取る。指先で弾《はじ》いて捨ててから、クロエは丁寧に指で梳いてエルドの髪を直してくれる。

　その真剣《しんけん》な表情が愛おしくて見惚《みと》れていると、彼女はそれに気づいて目を合わせる。間近での見つめ合い。互いの瞳がよく見えてお互いしか映っていない。その瞳の奥《おく》に隠された真実が知りたくて、次第に距離が近づき——唇が自然と触れ合った。

　軽く重なるだけのキス。息を忘れそうになる数秒間の後、二人は唇を離して見つめ合い。

　ふと、彼女がぱちくりと瞬《まばた》きした。それでエルドも我に返る。

（あ——）

（キス、しちゃったな）

　互いに意識しないうちに口づけしていた。照れくささが込み上げてきてエルドは小さく笑みをこぼし、クロエもほんの少しだけ淡い笑みを浮かべていた。

　ボートが石橋の下を潜る。クロエがオールを握り直すと、エルドもボートに座り直した。石橋の下を抜けるときには二人は元通りの距離感に戻っていた。

だが、二人の心はわずかな触れ合いで満ちている。

「――いいものだな。こういう時間も」

「はい、家とは少し違って、楽しい、ですし」

「それに静かだ」

地上を行く人々から離れた水路は静かで、耳を澄ませば水音に交じって人々の営みが聞こえてくる。ふと鼻をくすぐった料理の香りに、エルドは思わず目を細めた。

(ああ、いいものだ)

泣き声や嘆《なげ》き、慟哭《どうこく》も聞こえない。血の鉄の匂《にお》いもしない。

当たり前に誰《だれ》かが傷つき、死んで、涙《なみだ》を流していた場所ではないのだ。

この何気なく当たり前な景色を二人で過ごせている。それが何よりも愛おしい。この静けさも、穏《おだ》やかな水音も、麗《うら》らかな陽気も。

(無防備でいられるのは、本当に素晴らしいことなんだな)

しみじみ思いながらエルドはクロエを見つめる。陽気に誘《さそ》われてか、クロエの無表情はいつもよりもぼんやりしている。彼の視線にも一拍遅《ぱくおく》れてから気づき、瞬きを一つした。

エルドは苦笑しながら訊ねる。

「眠《ねむ》いか？　クロエ」

「いえ、問題はない、です……っくぁ」

言葉の途中《とちゅう》で欠伸《あくび》がこぼれ、彼女は慌《あわ》てて口元を手で隠した。そして観念したように一つ頷き、上目遣《うわめづか》いをエルドに向ける。

「……すみません、気が抜けていま、した」

「別にいいと思うぞ。今は敵もいないし」

「でも、迂闊です……妙《みょう》な連中が、いるのに」

クロエの言葉に、確かに、とエルドは頷いた。

昨日、ヴィエラと買い物していたときもそうだが、どこからか見張られている気配は常にしていた。害意はないので放置する方針でいるが。

「とはいえ、珍《めずら》しいな。クロエがそこまで眠たがるのも」

密偵である彼女はたとえ徹夜《てつや》でも確実に仕事を遂行《すいこう》する。もちろん、常に全力を出すために体調を管理し、睡眠《すいみん》をとっているが、いざそのときになれば三日三晩動き続けることもできるはずなのだが。

その言葉にクロエは半眼をエルドに向けた。呆《あき》れたように吐息をつく。

「昨日の夜のこと、お忘れ、ですか」

「……ふむ」

エルドは少し眉を寄せる。昨日の夜といえば、閨のことだが。

(温泉の後、二人で寝室《しんしつ》に入って)

その後、他愛《たあい》もない与太《よた》話を続けながら肌を重ね合った。徐々《じょじょ》に興が乗り、激しくなっていき、明け方近くまで抱き合っていた。

「……エルドさんが、寝《ね》かせて、くれません、でした……」

唇を尖《とが》らせて拗《す》ねたように上目遣いで告げるクロエ。

可愛《かわい》らしい仕草だが、それには今度、エルドが半眼になる番だった。

「寝かせてくれなかったのは、どちらかというと、クロエの方だと思うが」

その指摘《してき》に彼女はさっと視線を逸らし、膝を抱えて口元を隠した。

一昨日の夜もそうだが、昨日の夜も程々《ほどほど》で切り上げようとするエルドに対し、クロエはおねだりを繰り返し、エルドを求め続けた。

愛しい人にそこまでされて、引き下がれるほどエルドも男は廃《すた》っていない。

「……そういうエルドさんは、眠くないんですか？」

「まぁ、鍛えているからな。体力の総量が違う」

「……ずるい、です。あんなに激しく、動いていた、のに」

無表情に戻った彼女は呆れたように小さく吐息をこぼす。が、すぐに欠伸を隠すように手で口元を覆《おお》った。エルドは表情を緩めて自分の胡坐に手を置く。

「じゃあお嫁《よめ》さん、少し仮眠《かみん》でもどうだ？」

「……む」

クロエの視線がちら、とエルドの膝に向いた。彼は膝を叩きながら首を傾げる。

「丁度いい枕《まくら》もあることだし。舟の上で昼寝《ひるね》をするのも、悪くないんじゃないか？」

エルドは手を伸ばすと、彼女の手からオールを受け取る。彼女は視線を泳がせていたが、
やがて小さく吐息をこぼして舟の上で横になり。

ころん、と小さな頭をエルドの内腿《うちもも》に乗せた。

「寝心地《ねごこち》はどうだ？　お嫁さん」

「……悪くない、です」

「それは良かった」

クロエは内腿に軽く顔を擦りつけて吐息を一つ。エルドは上着を取り出して彼女の身体に掛けると、借りてきた日傘《ひがさ》を差した。

日傘は陸路を歩く観光客の視線を遮《さえぎ》る。クロエは目を細めると小さく囁いた。

「用意がいい、ですね」

「ん、用意してくれたロナウドさんに感謝だな」

「……は、い……では、お言葉に、甘えて……」

視線を感じなくなって安堵《あんど》したのだろう、クロエは吐息をこぼしながら目を閉じていた。穏やかな寝息《ねいき》がすぐに響《ひび》いてくる。

ここまで無防備に眠ることができるのは、エルドを信頼しているからだろう。たとえここで敵が襲《おそ》ってきても、エルドが守ってくれると信じているから。だから、こうして心地よい微睡《まどろみ》に浸《ひた》っているのだ。

(相変わらず、監視《かんし》されているみたいな妙な気配はしているが、害意はなさそうだし)

水路の静かな流れに従い、舟はゆるやかに進んでいく。時折、向かいからゴンドラがやってくるが、こちらを見ると気を利《き》かせて避《さ》けてくれ、オールを漕ぐまでもない。

(しばらくは流れに身を任せ、滔々《とうとう》と流れるか)

そう思いながらクロエの寝顔《ねがお》を眺《なが》める。村に来てからは見慣れた寝顔――だが、こうして長く眺めることはなかった。髪《かみ》をそっと梳くと、彼女は心地よさそうに吐息をこぼした。

その仕草に胸が温かくなり、どこかくすぐったい。

ふと思い出すのは毎朝《まいあさ》のこと。エルドが起きるときはいつもクロエがじっと顔を見つめているのだ。目が合うと、おはようございます、と目で笑ってくれる。

(クロエがよく僕の寝顔を眺めているのは、そういうことかな)

確かに愛しい人の寝顔は見ていて飽《あ》きない。エルドは表情を緩めながら眠る彼女の寝顔をずっと眺めていた。

「……ん」

彼女が目を覚ましたのは、しばらく経《た》ってからだった。

目をぱちりと開けると、舟の床板《ゆかいた》に両手をついた。そのまま腕《うで》を突《つ》っ張るようにして伸びをする――まるで猫《ねこ》のような仕草は、彼女が起きたときにいつもしている。

「おはよ、クロエ。少しは目が覚めたか」

エルドが日傘を畳《たた》みながら声をかけると、クロエは無表情でこくんと頷いた。

「充分、です。けど……ふむ？」

クロエは視線を辺りに向け、ゆるやかに首を傾げた。

「妙な匂いを感じた、気がしたのですが」

「……そうか？　潮の香りしかしないが」

あるいは、密偵《みってい》としての鋭敏《えいびん》な嗅覚《きゅうかく》が何かを捉《とら》えたのかもしれない。

「ちなみにここはどの辺でしょうか」

「多分、北区と西区の境目くらいじゃないか。結構流されたし」

ほら、と指先を進む先に向ける。その先にはペイルローズを取り囲む城壁《じょうへき》が見えていた。もう少し行けば、水路は行き止まりになるところだった。

「一旦《いったん》、この辺で舟を停めるか？　それとも引き返す？」

「……折角ですので停めて、散歩でもしま、しょう。妙な匂いを、突き止《と》めたい、ですし」

「まだ匂うのか？」

「はい、微《かす》かですが」

「ちなみに、心当たりは？」

エルドはオールを漕いで水路の縁——丁度、見えてきた桟橋《さんばし》に近づける。クロエは匂いの方向に顔を向けていたが、少しだけ眉を寄せて言う。

「……近いもので言うと、魔獣《まじゅう》、かと」

「……魔獣？　まさか」

エルドは目を細めながら辺りを窺《うかが》う。街に魔獣が紛《まぎ》れ込《こ》んでいるなら、殺気や害意で気づけそうだが、そういった気配は全くない。

クロエもそれは感じているのだろう、不思議そうに首を傾げている。

「もしかしたら、魔獣由来の素材、たとえば毛皮を扱《あつか》う店、があるのかも、しれませんが……それなら、ここまで気になる、匂いにはならない、かと」

クロエはそう告げると視線を桟橋に向けた。腰《こし》を上げると小舟が揺れないように膝を曲げてから、柔《やわ》らかく跳躍《ちょうやく》。桟橋に着地する。

エルドが舫《もや》い用の縄を投《な》げ渡《わた》すと、クロエは桟橋に括《くく》りつけてくれる。舟を固定すると彼も桟橋に降り立った。エルドが手を差し出すと、彼女は目を細めて手を握り、寄り添《そ》ってくる。

「さて、じゃあ散策するか――この辺は住宅街みたいだが」

「匂いの方向は、あちら、ですね」

クロエはくい、と手を引いてくる。エルドは頷いて辺りの建物を見渡《みわた》しながら歩いていく。続く街並みは綺麗だが、同時に生活感も溢《あふ》れている。

建物と建物の間にはロープが渡され、洗濯物《せんたくもの》は風になびき、どこからか肉や野菜を煮込《にこ》んでいるいい香りが漂《ただよ》ってくる。路地を覗《のぞ》き込めば、そこでは子供たちが球を蹴《け》って遊んでいる姿が目に入ってきた。

ここは観光地というより地元住民が暮らす区画のようだ。

（ここも平和な感じでいいな……こういう街も、悪くない）

目を細めながら人々の営みを眺めていると、ふとクロエが足を止めた。

「……エルドさん、あれ……見間違《みまちが》い、ですかね」

「ん？」

エルドは振り返ってクロエの視線の先を確かめる。クロエが見ていたのは反対側の路地の先だった。そこを抜けた先には噴水《ふんすい》広場があり、屋台が見え――。

「気のせいでなければ、その屋台に、魔獣がいる、のですが」

「……見間違い、じゃないな。何なら、おすわり、しているぞ」

エルドとクロエは思わず顔を見合わせる。やがて一つ頷くと、その路地を抜けて噴水広場に向かった。

屋台にいたのはエプロン姿の一人の少女だった。茶髪《ちゃぱつ》のおさげを揺らし、機嫌《きげん》良さそうに頭を揺らしている。エルドとクロエに気づくと、ぱっと笑顔を見せた。

「いらっしゃいませ！　観光ですか？」

「ええ、この辺りを散歩していまして」

「いい天気ですものね。私はメイファ、ここで氷菓子《こおりがし》を売っています」

お一ついかがですか？　と彼女は笑いながら屋台に置かれた金属容器を開ける。そこには白い氷菓子が入っている――牛の乳を練り固めた、いわゆるアイスクリームのようだ。

「では折角なので、二ついただきます。それと」

視線をさりげなく屋台の横に向ける。そこには一匹《ぴき》の魔獣がちょこんと腰を下ろしていた。先ほどからじっとエルドのことを見ていて落ち着かない。

白い体毛の魔狼《まおおかみ》だ。それを見やりながらメイファに訊ねる。

「……この子は、魔獣、ですよね？」

「あ……そうなんですよ。気づきますか」

メイファは氷菓子に棒を突っ込み、かき混ぜながら苦笑《くしょう》する。

「子供の頃から一緒にいる子で、人懐《ひとなつ》っこいんですよ。だから危険ではないんですよ」

「そう、なんですか」

「はい、そうなんです。どうぞ、お二人とも」

いつの間にかアイスクリームができていた。コーンに載せられた氷菓子を受け取り、片方をクロエに渡す。クロエは早速口に運び、軽く舐めてから一つ頷いた。

「美味《おい》しい、です」

「……ん、本当だな」

エルドもアイスクリームを口に運ぶ。ひんやりとした甘さが口の中に広がる。乳の味は臭《くさ》みもなく、濃厚《のうこう》だ。エルドがお代の銅貨を手渡《てわた》すと、メイファは目を細めて頷いた。

エルドは氷菓子を食べながら再び魔獣を見る。垣間見える牙《きば》は鋭く、四肢《しし》には力が籠《こも》っている。だが、見つめ返す眼差《まなざ》しは、澄んでいた。少なくとも、人に対する憎悪《ぞうお》にとりつかれていない。

「……優しい子のようですね」

「わかりますか？」

「ああ、個人的には少し不思議なのですが」

ちら、とクロエの方を窺う。彼女は氷菓子を熱心に舐めている――ように見えて、視界には常に魔獣を捉えている。それを感じているのか、魔獣は居心地悪そうにその場で足踏《あしぶ》みした。メイファはその魔獣の頭を撫《な》で、金属容器に蓋《ふた》をする。

「メイファさんは、この辺りに住んでいるのですか」

「ええ、この街の外の牧場を一家で営んでいます。この氷菓子もそこの牛の乳で作りました。子供たちに人気で――丁度、これが最後のお二つでした」

「それは丁度良かった。久々に、美味《うま》い氷菓子を食べました」

「ふふ、旅の思い出になって幸いです」

メイファは微笑んでそう言いながら屋台を片付ける。屋台には車輪がついており、先端《せんたん》にはロープ。魔獣は心得たようにすぐそのロープを口で咥《くわ》えた。

メイファが片付けを進めながら、ふと思いついたように振《ふ》り返る。

「お二人は、私たちの牧場に興味がありますか？」

「……牧場」

「ええ、街を出たらもうすぐにあります」

メイファはにこりと微笑み、屋台を引く魔獣の背を撫でて告げた。

「折角だから見ていきますか？　私たちの牧場を」


メイファが案内してくれたのは、城壁の外に広がる牧草地だった。

そこには牛や羊などが放たれて、思い思いに草を食《は》んで過ごしている。その光景はエルドとクロエにとっても見慣れたものだが——その中で違和感《いわかん》のある存在があった。

それが牛たちに交じって過ごしている、白い獣《けもの》だ。無邪気《むじゃき》に駆《か》け回る狼《おおかみ》に似た生き物を見て、エルドは思わずつぶやく。

「ムーンウルフの亜種《あしゅ》、ですか」

「エルドさん、よくご存じですね。私たちの家族です」

そう言いながら、メイファは首からぶら下げた笛を吹《ふ》き鳴らす。その音に応じ、白い獣たちは勢いよく駆けてメイファの方へ集まってきた。

くぅん、くぅん、と可愛らしく鳴き声を上げ、彼女の足元に集まる。メイファはそれに微笑みかけながら、腰にぶら下げた袋《ふくろ》から餌《えさ》を取り出してムーンウルフたちに与《あた》えていく。

エルドの腕の中にいた獣もぴょんと跳《と》んで降り立ち、彼女の傍《そば》に行く。

その獣と戯《たわむ》れる少女の姿を、クロエは無表情で眺めていたが、やがてエルドを振り返る。

その目には微かに困惑《こんわく》が滲んでいた。

「……どういう、ことでしょう。魔獣が、懐《なつ》いて、いる……？」

「そういうことになるな……予想はしていたが、こうしてみると……いやはや」

ムーンウルフは魔獣の一種であり、月光を溶《と》かしたような銀色の体毛が特徴《とくちょう》だ。月の光を受けて力を蓄《たくわ》えている、という説も言われている。

よく見る魔獣のシャドウウルフと違い、滅多《めった》に遭遇《そうぐう》することはないが、その分強さも桁《けた》違《ちが》いだ。襲われればひとたまりもないため、山を移動する行商人たちからは白い悪魔《あくま》とも呼ばれている――はずなのだが。

（……全く殺気を感じない）

目の前のムーンウルフたちはメイファに懐き、足に身体をすりつけている。行儀《ぎょうぎ》よく餌の順番待ちもしており、本来の獰猛《どうもう》さを感じさせない。

「よーし、よし、アイン、いい子。お座り。ツヴァイ、おいで、ごはんだよ……きゃっ、ドライ、ダメじゃないの、貴方《あなた》のごはんはこっちよ」

メイファと戯れる魔獣たちは楽しそうだ。その光景にクロエは小さく息をこぼしてつぶやいた。

「信じられません……ムーンウルフが、こんなに」

「みんなそう言うんですけど……私からすると、この子たちはこんなにいい子なんですよ？　はい、みんなお座《すわ》り」

メイファが声をかけると、魔獣たちは一斉《いっせい》にぺたんと腰を下ろす。その光景にエルドはもちろん、クロエも目を見開いてしまう。

メイファは一匹一匹を掌《てのひら》で丁寧《ていねい》に撫でながら、目を細めて言葉を続ける。

「最初に出会ったころは、みんな弱っていてお腹《なか》を空《す》かせていたんです。だから、お父さんたちがごはんをあげたんですよ。そうしたら、いつの間にかこうして牧場に紛れ始めて」

「……牛や羊は、食べられ、ないの？」

「ええ、死んだ家畜《かちく》は食べているみたいですけど、それ以外は特に。この子たちはとても賢《かしこ》いですから。ね？　アイン」

メイファが一匹に声をかけると、その魔獣は誇《ほこ》らしげに一つ吠《ほ》えてみせた。

クロエはまばたきを繰り返していたが、やがてエルドを振り返って微かに首を傾《かし》げる。

彼は苦笑いをこぼしながら、彼女にしか分からないように唇《くちびる》を動かした。

『前例がないわけじゃないだろう？』

『……ベルグマン、ですか』

彼女もまばたきを一つしてから、音を出さずに言葉を返してくる。

ベルグマンは、エルドとクロエが魔王大戦《まおう》の際に接敵した強敵の一人だ。数多《あまた》の魔獣を使役《しえき》し、索敵《さくてき》や遊撃《ゆうげき》など幅広《はばひろ》く魔王軍に貢献《こうけん》し続けていた。彼の使う魔獣には一度、クロエの隠密《おんみつ》術さえ破られたことがある。

彼の魔獣には手を焼かされたが、大戦後期には姿を消していた。討《う》たれたという情報をクロエは掴んでいないため、恐《おそ》らく自発的に戦いから離れたのだろう。今、彼が生きているか死んでいるかすらも分からない。

（まぁ、恐らくどこかで生き延びているんだろう。ベルグマンはともかく、あの魔獣たちはかなりタフで手ごわかったからな……）

それを思い返しながら、エルドは無言でクロエに語りかける。

『彼の魔獣も、忠誠心が強くて賢かった。もしかしたら、魔獣の一部は意外と知性があるのかもしれないぞ？』

『……なる、ほど、それで彼女に懐いている、と』

『実害がないのは確かだ。気を抜《ぬ》いても、構わないと思う』

『……わかり、ました。エルドさんが、そう仰《おっしゃ》る、なら』

クロエが微かに頷いて目尻を下げる。エルドは小さく笑みをこぼしながら視線を戻《もど》すと、何故《なぜ》かメイファが視線を泳がせていた。ムーンウルフたちもお座りをしてじっとこちらを見ている。

「……どうかしましたか、メイファさん」

「あ、いえ、その……急に、お二人が見つめ合い始めたから……ちょっと、こっちまで当てられたといいますか……」

（……む）

確かに、エルドとクロエは気取られないようにやり取りしていた。傍から見れば、突然《とつぜん》見つめ合い始めた夫婦《ふうふ》のようにしか見えないだろう。メイファと魔獣たちが好奇《こうき》の視線を注いでくる。

クロエもそれに気づいたのか、ぴたりと身動きを止める。だが、それも一瞬《いっしゅん》で、彼女は表情をぴくりとも動かさずに平然と答える。

「それは、当然です。私とエルドさんは、夫婦、でしゅし？」

「クロエ、噛んでいる」

「噛んで、いません」

クロエは淡々《たんたん》と答えるが自覚があったのか、微かに視線を泳がせている。ここまで動揺《どうよう》を露《あら》わにするとは、クロエにしてはかなり珍しい。

（まぁ、それも無理はないか）

人間を喰《く》らう魔獣が、人間に飼いならされている——その事実だけでも驚《おど》くべきことなのだ。エルドは苦笑いを浮《う》かべつつ、片膝《かたひざ》をついて魔獣たちに目線を合わせる。

それから近くにいた魔獣に手の甲《こう》を差し出すと、彼はおずおずと近づいてくる。

そのまま手の甲の匂いをすんすんと嗅《か》ぎ、ちらりとエルドの様子を窺う。

エルドが目だけで笑いかけると、彼は気を許したようにその手の甲にすり寄った。思いのほか柔らかい体毛が手の表面を擦っていく。

「わ……エルドさん、すごい……アハトはあまり懐かないのに」

「確かに、いい子ですね。メイファァさん」

驚くメイファァに笑い返しながら、エルドは掌で軽くアハトを撫でていく。それを見て他の魔獣たちもそろそろとゆっくりエルドに近づいていた。

アハトの毛を撫でてやりながら、エルドは目を細めた。

（……なるほど、害意を出さないことが大事みたいだな）

無防備のようにも見えるが慎重《しんちょう》に歩み寄る相手を選んでいる気がする。今もアハト以外は慎重に間合いを保っており、じりじりと近づく。

魔獣が包囲を詰めてくるのは、少しおっかないが——殺気はないのだ。

こちらも気迫《きはく》を収め、努めて友好的に手の甲を差し出す。すると、魔獣たちは静かに距離《きょり》を詰めて手の甲に身体を押《お》しつけてくる。

「身体を擦りつけてくるのが、彼らの親愛の合図みたいです」

「そっか。それは光栄ですね」

「エルドさんの優しさがきっと伝わっているんですよ」

メイファはそう言いながら、彼女も近くのムーンウルフに手を伸《の》ばして身体を指先で梳《す》いていく。彼らはそれの傍に侍《はべ》るように腰を下ろし、穏やかに過ごし始める。

殺気も血の香りもない、平和な時間。それを味わいながらエルドはクロエを振り返る。

彼女はまだ一歩引いた位置で見守っているだけだ。表情は変わらないが、エルドの撫でているアハトに視線が釘付《くぎづ》けである。

「クロエも、彼らに触《ふ》れてみたらどうだ？　メイファさん、いいですよね？」

「ええ、もちろん。クロエさんも優しい人ですから、きっと彼らも懐きますよ」

「そう……ですか、では、失礼、して……」

クロエは一つ頷くと一歩進み出て膝《ひざ》をつく。そのままゆらりとした手つきで手の甲を差し出し——小さくクロエはささやく。

「おいで」

瞬間《しゅんかん》、その前にいた魔獣はびくりと跳《は》ね、弾けるようにクロエから距離を取る。その光景にメイファは目を見開き、クロエも微かに眉《まゆ》を寄せた。

「……おかしい、ですね」

「え、ええ……アハトがあんなにびっくりすることはないのですけど……アハト？　どうしたの？　おいでー」

メイファの声に呼ばれた魔獣――アハトはゆっくり戻ってくる。だが、クロエの位置を避けるようにして、メイファの陰《かげ》に隠《かく》れてしまう。メイファはアハトの身体を撫でながら、不思議そうに首を傾げた。

「どうしてだろう？　クロエさん、そんなに怖《こわ》くないのに」

（……なんとなくだが、気持ちはわかるな……）

魔獣たちの反応に、エルドは少しだけ納得《なっとく》がいっていた。

クロエの動きは密偵として、暗殺者として研《と》ぎ澄《す》まされたもの。洗練された所作といえば聞こえがいいが、傍から見れば音や気配を発さない、不気味な存在だ。

恐らくだが、それを彼《かれ》らは敏感《びんかん》に察してしまっているんだろう。

「む……警戒《けいかい》、されて、しまいましたか」

「そうかもしれません。もっと親しみを出してみましょう。ほら、エルドさんも笑顔《えがお》で優しそうですから」

「なるほど――笑顔なら」

メイファがお手本のように笑みを浮かべるのを見て、クロエは一つ頷いた。

深呼吸をして視線を上げるクロエ。その目を見た瞬間、エルドの背筋に寒気が走った。

ヤバい、と一瞬で直感する。

（そうだ、クロエの笑顔はまずい……っ！）

咄嗟《とっさ》にエルドは一歩踏《ふ》み込む。だが、それよりもクロエの唇が弧《こ》を描《えが》く方が先だった。


直後、空気が凍《こお》りついた。


彼女の笑顔を直視したムーンウルフたちはぴたりと静止。メイファですらも笑顔のまま、その場で凍り付いてしまっている。エルドはため息をこぼしながら額を押さえた。

（……失念していた）

クロエが笑《え》みを見せるのは、エルドと過ごしている時を除くと特定の瞬間のみだ。それはクロエが相手を殺すと決めた瞬間だ。

そして、そのときに浮かべるのはまさに〈死神〉の笑み。

瞳《ひとみ》を見開き、口角だけ異様に吊《つ》り上げ、この世の全てをあざ笑うかのような残酷《ざんこく》な笑みで、彼女は全身全霊《ぜんしんぜんれい》の殺気と共に凶刃《きょうじん》を振り下ろす。

エルドですらも手合わせで見た瞬間、あ、死んだ、と思うほどの凄絶《せいぜつ》な笑みだ。その笑顔を見て生き延びた人間はほとんどいない。エルドはいつもクロエと接し、その無防備な笑顔を見ることも多いせいですっかり忘れていた。

（しかも、いつもの癖《くせ》で殺気も帯びているし――）

一般人《いっぱんじん》であるメイファが立ったまま気絶するのも無理のない話である。

「……こ、れは？」

自分の笑顔の凶悪《きょうあく》さに気づいていないのか、クロエは歪《いびつ》な笑顔なまま、かくかくとした動きで振り返る。エルドは黙《だま》って両手を伸ばすと、クロエの頬《ほお》を摘《つ》まんだ。

そのまま、むにむにと伸ばしたり揉《も》んだりする。

「……エルド、しゃん、いひゃい、です」

「いいから、クロエ。しばらく触《さわ》らせて」

「……ひゃい」

クロエは視線を逸《そ》らしながら目だけで頷く。微かに熱くなった頬をぐにぐにと揉み、し

ばらく解す。その表情がいつもの無表情に戻り、殺気が完全に収まったのを感じてから、さて、とエルドは振り返る。

そこではまだ、メイファたちが固まっていた。刺激《しげき》が強すぎたのか、メイファは放心状態。魔獣たちの一部はその場で転がり、気絶してしまっている。

その惨状《さんじょう》にエルドは再三のため息をこぼしながら、気迫と共に両手を叩《たた》いた。鋭《するど》く放たれた柏手《かしわで》に、凍り付いた空気が一瞬で緩《ゆる》む。はっ、とメイファは息を吸《す》い込み、気絶していた魔獣たちもびくんと跳ねて慌てて動き出す。

「え、あ……私、今……ええ……？」

メイファはきょろきょろと辺りを見渡し、自分の腕をさする。戸惑《とまど》いが滲《にじ》み出た目つきでエルドを振り返り、引きつった笑みを浮かべた。

「え、っと……今、私……生きて、いました？」

「大丈夫《だいじょうぶ》です。メイファさん。死んでもいませんし、生きています……気のせいですよ、ちょっと気が遠くなっただけです」

エルドが努めて柔らかく笑いかけると、あはは、とメイファは笑みをこぼした。まだ震《ふる》えが残る腕をさすりながら、彼女《かのじょ》は首を振る。

「そ、そうですよね……なんだか一瞬、気が遠くなった気がしたのですが」

メイファが小さく安堵の息をこぼす。それを合図に、彼女よりも先に立ち直った魔獣たちが我先にとメイファに駆け寄った。彼女に温《ぬく》もりを分かつように足元で身体を擦りつけていく。

「わっ、みんなっ、どうしたの？」

メイファは戸惑いながらも笑みをこぼし、膝をついて魔獣たちを順番に抱《だ》きしめていく。

それを無表情に眺めるクロエは目を細め、小さく吐息《といき》。その機微《きび》から彼女の感情を読み取り、エルドは小さく苦笑する。

（……さすがに凹《へこ》んでいるか）

だが、普段《ふだん》の彼女の状態だと、魔獣たちは彼女に心を許さないだろう。

ならば、とエルドは彼女の肩《かた》を軽く叩いてこちらを振り返らせる。

「クロエ、お手」

「……なんですか、エルドさん。いきなり」

「いいから。はい、お手」

「……ん」

エルドが差し出した掌に、クロエは無表情で手を載《の》せる。もう片方の掌を差し出す。

「おかわり」

ぽん、と手を載せる。掌を返して地面に掌を向ける。

「おすわり」

「ん」

ぺたん、とその場で膝を折るクロエ。そのやり取りに気づいたのか、魔獣たちの視線が向いてくる。それを感じながら、エルドはクロエの頭を撫でてから再び掌を差し出す。

「お手」「ん」

「おかわり」「ん」

「もっかいお手」「ん」

「伏《ふ》せ」「ん」

「おすわり」「ん」

徐々に指示のペースを上げていくと、最初は怪訝《けげん》そうにしていた彼女も楽しくなってきたのか、機敏《きびん》に動きながら指示に従う。一旦、言葉を切ると、次の指示は、とばかりにクロエは上目遣いで見上げてくる。

エルドはふっと表情を緩めながら少し手の位置をずらして告げる。

「お手」

クロエはぱっと手を挙げる——だが、そのエルドの掌に乗ったのは一つの手ではなかった。クロエともふもふの手が重なり合う。

「……あ……」

クロエが目を見開いて横を見る。そこにはいつの間にかムーンウルフ――アハトが歩み寄っていた。エルドの方を見てぱたぱたと尻尾《しっぽ》を振っている。

(……やはり賢いな、この子は)

エルドとクロエのやり取りを見て、二人は遊び合う気安い関係だとすぐに悟《さと》ったのだ。そして楽しそうな遊びを見て、交ぜて欲《ほ》しいと傍に来たのだろう。

もう魔獣からは警戒心《けいかいしん》を感じない。クロエをちらりと見ると、人懐っこそうに身体を擦《す》りつけた。

「よし、二人とも、よくやった」

エルドは笑みをこぼすと、クロエとアハトの頭を両手で撫でる。アハトの頭をくしゃくしゃに撫でていると、クロエは不服そうに唇を尖らせた。

「……私はペット扱い、ですか?」

「まさか。大事なお嫁さんだけど?」

エルドは目を細め、クロエの頭を撫でる。髪を丁寧に梳くと、彼女は小さく吐息をつき、横目で魔獣を見る。わふ、と視線を返す魔獣に彼女は恐る恐る手を伸ばした。

そして、その首筋の毛に触れ、ゆっくりと背中を撫でる。魔獣はそれを受け入れ、ぱたぱたと尻尾を振った。それを見てクロエは少しだけ目を細める。

「――まぁ、良しとします。この子と仲良くなれましたし」

「わふ」

「……なんです、か。アハト。その仲間を見るような、目は」

（まぁ、さっきのクロエは子犬みたいだったからな）

もしかしたら、仲間のように思われているのかもしれない。クロエが唇を尖らせていると、その周りに他の魔獣たちも集まっていた。

それに気づき、クロエは別の子に手を伸ばして首の毛をもふもふする。

それを合図に魔獣たちはクロエにじゃれつき始めた。彼女は無表情ながら目を輝《かがや》かせてその感触《かんしょく》を楽しんでいく。エルドは一つ吐息をこぼすと、メイファが近寄ってくすりと笑った。

「お嫁さんと仲が良いんですね」

「ええ、クロエは最高の相棒ですから」

「なんだか、アハトたちも喜んでいるみたいです」

「それは良かった――しばらく、遊んでいっても？」

「はい、大歓迎《だいかんげい》です。お菓子《かし》、持ってきますね？」

　メイファは片目を閉じて駆けていく。それに気づいて一匹の魔獣が彼女について駆けて行った。連れ立って歩いていく一人と一匹を眺めながら思う。

（本当に、平和だな……）

　クロエに視線を移すと、彼女は順番に魔獣たちを撫でまわしている。その表情はいつの間にか緩んでいて、自然な笑顔になっていた。

（……笑顔、といえば）

　ふと思い出して背後を振り返る――後ろの木立を眺めながら眉を寄せた。

（……さっきの〈死神〉の笑顔を、他に直視している奴《やつ》がいなければいいんだが……）

■

「あちゃあ、真《ま》っ直《す》ぐ見ちゃいましたね、この子」

　エルドの視線の先にあった木立。そこでは地面に転がっている人影《ひとかげ》をヒナが眺めていた。

　ため息を一つつくと、気絶している人影の懐《ふところ》を検《あらた》める。

　そこに入っていたのは特徴的《とくちょうてき》な意匠《いしょう》の短刀――また暗殺者だ。

恐らく木の上でエルドとクロエを監視していたところに、クロエの〈死神〉の笑顔を直視してしまい、死の実感で動揺、足を滑《すべ》らせて落下。頭を打ったのだろう。

「腕は良かったみたいだけど……災難だったねぇ」

てきぱき、とヒナは暗殺者を縛《しば》り上げていき、口に木の板を噛《か》ませて舌を噛まれないようにする。それから指を弾《はじ》き、〈暗部〉の部下を呼び出した。

現れた人影にヒナは声をかける。

「そっちはどうかな」

「こちらも数人、捕縛《ほばく》しました……やはり〈白の英雄《えいゆう》〉は偉大《いだい》ですね」

「……本当にそれ。二人は意図せずにやっているんだろうけど」

二人は揃《そろ》ってため息をついた。

エルドとクロエは水路を巡《めぐ》った後、街の外の牧場で観光を楽しんでいるだろうが、彼を警戒する裏社会の住民たちはそれを深読みしてこう考えたはずだ。

水路を使ったのは人目を忍《しの》ぶため。

接触《せっしょく》した屋台の少女は恐らく、現地人に偽装《ぎそう》した子飼いの密偵。

そんな三人が街の外に出るならば、恐らく極秘《ごくひ》の情報交換《こうかん》があるはず。

その情報を掴《つか》むため、こうして密偵たちは危険を承知で接近してきたのだ。

（まさか、ただ動物と戯れるためにここに来たとは、思っていないでしょうに）

ヒナは小さくため息をつき、指を振って告げる。

「牧場に近づいた不審《ふしん》な影は徹底《てってい》して排除《はいじょ》して構わないよ。ここで一気に掃除《そうじ》しちゃおう……どうせ、雑魚《ざこ》ばかりだし」

「大丈夫でしょうか、もし〈黒星〉の手の者が交ざっていたら」

「あはは、それはない、ない」

ヒナは笑って手を振り、感情のない眼差しで虚空《こくう》に視線を移す。

「連中は手練《てだ》れだよ。こんな見え透《す》いた罠《わな》に引っ掛《か》かるはずがないし。それで処理できるのなら、こっちも御《おん》の字《じ》だよ」

「……確かに。では、我々で対応します」

人影は一礼すると、ヒナが縛った人影を抱《かか》えて木立に姿を消す。それを見届けると、ヒナは小さく吐息をこぼし、軽く地面を蹴る。

その表情には微かな苛立《いらだ》ちが浮かんでいた。

「……〈黒星〉……一体、どこで何を企《たくら》んでいる……？」

視線をエルドとクロエに向ける。クロエは魔獣と戯れながら、ふと視線に気づいたように木立に目を向けてくる。ヒナはさっと身を隠すとため息をこぼした。

（……先輩《せんぱい》はすごいにゃあ、本当に……）

クロエならこの街に潜《ひそ》んでいる〈黒星〉を見つけているのだろう。己《おのれ》の実力不足に情けなくなってくる。だが、ヒナは首を振ると目を細めてペイルローズの方角を振り返った。

（悔《く》やんでも仕方ない……今は、できることをしなければ）

今もサミットは続いている。そして明日は山場となる夜会が開催《かいさい》される。

会議の場とは違《ちが》い、様々な人が入り乱れるため、警護しづらい。本当はそれまでに〈黒星〉を捕捉《ほそく》し、あわよくば排除しておきたかった。

だが、もはや間に合わない。その場で的確に対応するしかないだろう。

ヒナは小さくため息を一つこぼし、ペイルローズの方へ地を蹴って駆け出す。

（お願いだから、妙《みょう》なことは起きないでよ……！）

ヒナは気づいていない。

この街に人知れず、強者が近づいていることに。

◇

「ありがとうございました。メイファさん。妻共々楽しめました」

「いい旅の、思い出、になりました」

夕暮れ時、エルドとクロエは街の門まで戻ってきていた。メイファは魔獣のアハトと共に見送りに来てくれた。彼女は屈託《くったく》のない笑顔で頷《うなず》く。

「ふふ、それは良かったです。この子たちも思いっきり遊べて楽しそうでした。また立ち寄る機会があれば、ぜひ牧場に来てください」

「ええ、もちろん――またな、アハト」

「また勝負、しましょう」

エルドとクロエは二人で白き魔獣を撫でる。アハトは上機嫌《じょうきげん》で尻尾を振っていたが、二人の手が離《はな》れると、少し寂《さび》しそうに鼻を鳴らした。

メイファはその頭を軽く撫でると、ぺこりと一礼した。

「ではお二人ともさようなら――良き旅路を」

「ええ、また会える日まで」

エルドが告げ、クロエは一礼して踵《きびす》を返す。しばらく二人は黙って歩いていたが、クロエはそっとエルドの腕《うで》に寄り添って囁《ささや》いた。

「……魔《ま》獣《じゅう》だと思って警戒、していましたが、いい子たち、でしたね」

「ああ、本当に。メイファさんが彼らに愛情を注いだ結果だろう」

もし、メイファと出会っていなければきっと、彼らは討伐《とうばつ》されていたはずだ。彼女と出会い、様々な人に愛されて彼らは人間と共に生きることができている。

これも平和な世だからこそ、だろう。

クロエは彼らの感触を思い出すように掌を見つめ、そして少し目を細めた。

「……楽しかった、です。人混みを歩くよりも、何倍も」

「それは良かった。じゃあ、帰るか」

「はい、舟《ふね》は確かこっちですね」

二人で水路までの道を歩いていく。日暮れ時の冷たい風が吹き抜け――。

ぴり、とひりつく気迫に思わずエルドは振り返った。

「……エルドさん？」

「……クロエ、何も感じなかったか」

「ええ……ということは、〈英雄〉の気配……ですか」

「……いや、分からない。一瞬だったから」

感じたのは本当に一瞬。だが、確かに濃厚な気配だった。考え込《かんがこ》んでいる間にエルドとクロエは水路に辿《たど》り着いていた。クロエは舟を固定するもやいを解きながら首を傾げる。

「仮に〈英雄〉だとして、レオンさん、あるいは、クラウスさん、でしょうか」

「違うな。この感覚は……」

エルドは一瞬感じた感覚を思い出し、腕を組みながら言う。

「距離はかなり遠かった。が、確かに感じた。だから〈英雄〉に限らず、手練れ、ということになるだろうな——しかも、恐らく二人」

「……二人、ですか。とはいえ〈英雄〉以外、の手練れ、となると」

「魔王、とかな」

エルドがその言葉を口にした瞬間、冷たい風が吹き抜けた。

張《つ》り詰めた気迫と共に真剣《しんけん》な眼差しでクロエを見つめる。

緊迫《きんぱく》した雰囲気《ふんいき》に、彼女は微《かす》かに目を見開いてエルドを真っ直ぐ見つめ返し——ぺし、と平手で軽くエルドの尻《しり》を叩いた。

「冗談《じょうだん》も休み休み、言ってください——害意がないのでしょう？」

「お、よく分かったな」

「害意がある相手ならば、エルドさんは、少し焦《あせ》りますから」

相方への深い理解を見せたクロエは視線を小舟《こぶね》に向ける。

「帰りますよ。乗って、ください」

「はいよ、お嫁《よめ》さん」

軽く跳躍《ちょうやく》して小舟に飛び乗ると、舟が大きく揺《ゆ》れる。だが、クロエは上手《うま》く合わせるように飛び乗り、揺れを相殺《そうさい》。ぺたんと腰《こし》を下ろすと、オールを手に取った。

「帰りは水流を遡《さかのぼ》るので、時間が、かかりそう、です」

「ま、ゆっくり帰ろうか」

「はい……お寛《くつろ》ぎ、ください」

そう言いながらクロエは自分の崩《くず》した足をぽんぽんと叩く。無言の提案にエルドは微笑《ほほえ》んで頷き、小舟に寝《ね》転《ころ》んで頭を彼女の膝に預けた。

膝の肉付きは薄《うす》いが、柔《やわ》らかく受け止めてくれて寝《ね》心地《ごこち》がいい。身体の力を抜きながら、さっきわずかに感じた気配を考える。

〈遠くから気配を感じるだけの手練れ、となると、やはり〈英雄〉だが〉

そうなれば、エルドと同等の実力者になる。会えば面倒《めんどう》を招きそうだ。

だが、今は出会うことはないだろう。エルドは目を閉じてクロエの膝枕《ひざまくら》を味わう。

舟の揺れと水音、彼女の膝の温もりは心地《ここち》よい。彼女がそっと髪《かみ》を撫で、落ち着かせてくれる——眠気《ねむけ》はすぐ訪《おとず》れそうだった。

「お邪魔《じゃま》します、エルドくん——どうやらお取込《とりこ》み中、のようですね」

その客人が入ってきたのは昼過ぎのことだった。真剣に思考していたクロエはその声に視線を上げると、見知ったエルフの顔が目に入る。

軽く目礼してから視線を前に戻す。無言のクロエに代わり、隣《となり》に座るエルドはクラウスに少し苦笑《くしょう》して告げた。

「悪い。すぐに終わる」

「終わらせないわよ……この手で、どうかしら」

エルドの言葉に反論したのは、彼の姉であるヴィエラだ。彼女は真剣な眼差《まなざ》しで目の前に広げられた盤《ばん》を睨《にら》み、駒《こま》を掴んで叩きつける。

なるほど、一見すると妙手《みょうしゅ》である。盤面《ばんめん》を俯瞰《ふかん》して打った手であり、受け方を間違《まちが》えれば劣勢《れっせい》に追い込まれるだろう——相手を務めるクロエはそう考える。

（けど、エルドさんの、御前《おんまえ》、です……手は、抜きません）

たとえ、義理の姉が相手だとしても、エルドを前に情けないところは見せられない。

静かに手を伸ばして、クロエは駒を動かす。それを見てヴィエラは言葉を詰まらせ、むむむ、と真剣に盤面を睨みつける。

それを前にしてエルドはクラウスに視線を向け、首を傾げる。

「どう見る。クラウス」

「どう見るも何も、エルドくん」

クラウスはエルドを見ると苦笑をこぼし、肩を竦《すく》めている。

「これ以上ない詰みです」

「だよな。姉さんも往生際《おうじょうぎわ》が悪い」

その二人の言葉に心が折れたのだろう、ヴィエラは駒を投げ出して前に突《つ》っ伏《ぷ》した。

「う……ぅあああ、負けたあぁあ」

「はい、お疲《つか》れ様《さま》、でした――そして」

ちら、とクロエは駒を片付けながら、入ってきた客人を見る。

「いらっしゃいませ。クラウスさん」

「ええ、こんにちは。クロエさん――ヴィエラさんと、盤上遊戯《ばんじょうゆうぎ》、ですか?」

「はい、今日は義姉《ねえ》様と遊ぶ予定、でしたので」

折角《せっかく》だから、義理の妹と親睦《しんぼく》を深めたい、ということでヴィエラが訪《たず》ねてきて、クロエとエルドは姉を含《ふく》めて昼食を摂《と》っていた。

その雑談の折、エルドとクロエがよく陣中《じんちゅう》で盤上遊戯に興じていた、という話題にヴィエラは食いつき、クロエに勝負を挑《いど》んだのだ。

そこで、支配人のロナウドに頼《たの》んで用意してもらい、手合わせしたのだが――。

「これで五戦四敗引き分け――もはや、姉さんの完敗だな」

「うそよ……エルドに、負けたこと、ないのに……」

「そりゃそうだ、クロエにはいつも駒落《こまお》ちで戦ってもらっているくらいだし」

「それを早く言いなさいよ……エルド……」

ぼろぼろに負けたヴィエラは凹んでいる。エルドは小さく苦笑し、クロエに視線を送る。

その意図を察し、はい、と一つ頷いた。

「お茶を用意します、ね。クラウスさんも、おかけになってお待ち、ください」

「ああ、ありがとうございます」

「私の分も……熱いのを、お願い……」

「承知して、います。義姉様」

そういえばエルドも熱いお茶が好みだった。この辺は姉弟一緒《していいっしょ》なのかもしれない。クロエはそんなことを考えながら熱い茶を三つと、普通《ふつう》のお茶を用意する。

お盆《ぼん》に載せて席に戻る頃《ころ》には、凹んでいたヴィエラはやや立ち直りつつあった。

「どうぞ、義姉様」

「ありがと……うう、美味《おい》しいわね、義妹《ぎまい》のお茶……」

「ありがとう、ございます。クラウスさんも」

「ああ、どうも。うん、いい香りだ」

最後にエルドの前にお茶を置き、その隣にクロエも腰を下ろす。彼は一口飲んでから、うん、と一つ頷き、大きな掌《てのひら》で労《ねぎら》うように頭を撫《な》でてくれた。

四人はしばらくそのお茶を楽しんでいたが、ふとエルドがクラウスに視線を向ける。

「そういえば、クラウス、急に来たな」

「はは、時間が少し空いたので、様子を見に来たのです。旅行を楽しんでいるようですね、お二人とも」

「おかげさま、です。いい宿を、満喫《まんきつ》して、います」

「私からも礼を言うわ。クラウスさん。おかげで弟の恋人《こいびと》とも仲良くなれたし」

「ヴィエラさんからもそう言っていただけて、恐縮《きょうしゅく》です」

クラウスは微笑んで胸に手を当てて一礼する。そのクラウスをエルドは見つめながら、静かな口調で訊ねる。

「それで――クラウス、用件は様子見だけか？」

「様子見というか、雑談のつもり、ですが……」

エルドの言葉にクラウスは少し不思議そうに首を傾《かし》げる。だが、少しだけ視線が泳いだ。何か隠し事《ごと》をしているような目の動きだ。

エルドはすっと目を眇《すが》め、そうか、と頷いてから言葉を続けた。

「てっきり昨夜、街に来た客人の件かと思ったが」

その言葉にクラウスは表情をはっきりと引きつらせた。

（なるほど、昨日エルドさんが察知した相手――）

〈英雄〉、あるいはそれに類する強者の気配。それはどうやらクラウスの仕込《しこ》みだったようだ。エルドは腕を組んで苦笑をこぼした。

「クラウスは相変わらず表情に出るな。それでも策士か？」

「仕方ありませんよ、知恵《ちえ》を巡らせることはできても、腹の読み合いは苦手なんです。そういうのは〈智《ち》の英雄〉にお任せです」

クラウスは肩を竦めて言うと、エルドを真っ直ぐに見て頷いた。

「エルドくんの察知通りです。私は、とある強者を招きました。正直、あの二人とはエルドくんは今、会いたくないと思います」

「なるほど、だからクラウスがここに来た、と。ホテルから僕《ぼく》たちを出さないように」

「重ね重ね、ご明察です」

頭を下げたクラウスはエルドとクロエを順番に見て続ける。

「お二人には決してご迷惑《めいわく》はおかけしないようにします」

「分かっている。クラウスは世界樹の精、ユグドラシルに誓《ちか》ってくれた。その言葉に疑う余地はない。それに」

エルドは視線をヴィエラに向ける。彼女は口を差し挟《はさ》まず、エルドとクラウスのやり取りを静かに聞いていた。首を傾げた姉に向けて微笑みながら、エルドは続ける。

「今日は姉さんもいてくれる。宿も居心地《いごこち》がいい。これ以上を望むつもりは、ないよ」

「すみません、折角の新婚《しんこん》旅行だというのに、部屋に籠《こ》もらせてしまって」

クラウスは申し訳なさそうに告げるが、エルドは何でもなさそうに手を振《ふ》った。

しばらく二人は雑談を交《か》わし、クロエは時折相槌《あいづち》を打っていたが、やがてクラウスは懐《かい》中《ちゅう》時計を確認《かくにん》してから椅子《いす》から立ち上がった。

「名《な》残惜《ごりお》しいですが、時間のようです――そろそろお暇《いとま》させていただきます」

「そうか。夜会の準備か？」

「そうですね。一応、私も〈英雄〉ですので、夜会へ挨拶《あいさつ》に行かねばなりません」

エルドは腰を上げようとするが、クラウスが手で制して微笑んだ。

「見送りは結構――クロエさん、美味しいお茶をありがとうございました」

「どうも。今度は酒でも、飲みましょう」

「良いですね。それでは、また」

クラウスは優雅《ゆうが》に一礼して部屋を出ていく。それを見届けたヴィエラは口を開いた。

「〈英雄〉は大変ね。エルドが辞《や》めた気持ちも分かるわ」

「ああ、夜会に出るとなると、本当に大変だ」

エルドはうんざりしたように同意し、クロエも深々と頷いた。

首脳会談の後に行なわれる夜会は、社交の場。参加した重臣や貴族たちが交流を深める場であるが、当然そこもまた政治の場だ。その場で新たな人脈を作ろうと参加者たちは躍《やっ》起《き》になり、笑顔の下で黒い思惑《おもわく》が渦巻《うずま》いている。

エルドは〈白の英雄〉としての知名度も高い。騎士団《きしだん》に在籍《ざいせき》中はレオンの要請《ようせい》で出席し、様々な要人と言葉を交わしていた。そして表向き、エルドは独身――その彼を取り入れようと縁談《えんだん》を持ちかける人も少なくない。

それに対し、クロエは別段気にはしない。少し腹立たしく思うこともあるが、エルドは一線を絶対に越えない人だ。どんな美姫《びき》相手でも穏《おだ》やかに断る。だが、中にはしつこく迫《せま》ってきて、強引《ごういん》に既成《きせい》事実を作ろうとする相手もいるのだ。

「クロエがいてくれなかったら、もっと面倒くさかっただろうな」

「面倒くさい手合いは、私が裏で手を、回した方が楽ですから」

「ああ、クロエに頼めば後腐《あとくさ》れなく、お引き取り願えるからな」

エルドの言葉にヴィエラは、そっか、と一つ頷いてクロエに視線を向ける。

「その頃から、エルドの密偵《みってい》だったものね――ちなみに、面倒くさい相手には、何をしたの？」

「当たり障《さわ》りのない範囲《はんい》だと、馬車の車軸《しゃじく》を壊《こわ》したり、ドレスを墨《すみ》で汚《よご》したり、ですが」

事故に見せかけてさりげなく行なう程度の妨害《ぼうがい》だ。だが、貴族は体面を気にするので、こういった嫌《いや》がらせは効果がある。なるほど、とヴィエラは頷き、少し首を傾げる。

「当たり障りのあることも、したの？」

「……それは義姉様でも、秘密、です」

何せ、本当に当たり障りがあることなのだ。

例えばこっそり迷惑令嬢《めいわくれいじょう》の飲み物に下剤《げざい》を混ぜたり、荷物に蛇《へび》や蛙《かえる》を忍び込ませたり、整髪料《せいはつりょう》に蜂蜜《はちみつ》を混ぜたり――。

愛《いと》しい恋人に言い寄る女に、クロエは容赦《ようしゃ》するつもりはなく、その人に合わせてありとあらゆる嫌がらせを行使したのだ。このことはヴィエラどころか、エルドにも言えない。

（まぁ、エルドさんは、知っていて、見て見ぬふりをしている、節はありますが）

ちら、とクロエは視線をエルドに向ける。彼は視線に気づくと、少しだけ肩を竦めていた。ヴィエラは両手を挙げて降参とばかりに言う。

「分かったわ。聞かない」

「ありがとう、ございます。義姉様、お茶のおかわりは、いりますか」

「あ、いただくわ。クロエさんのお茶、美味しいわね」

「いろいろ、学びました、ので」

エルドに喜んでもらうための技術だが、ヴィエラに褒《ほ》めてもらえるのも同じくらい嬉《うれ》しい。クロエは席を立ってお茶の準備をする。

できるだけ一つ一つ丁寧《ていねい》にお茶を作っていると、ふとエルドが席を立った気配が伝わってくる。

「……エルド、どうかした？」

「ん、いや……レオンは大変だろうな、と思って」

「それはそうでしょうね……警備も苦労しているみたいだし」

ヴィエラは同意すると、もしかして、と言葉を続けた。

「陛下を手助けするつもり？」

「いや、レオンの傍《そば》はクラウス――いや、あいつらに任せれば充分《じゅうぶん》だよ。彼《かれ》の手配りは完《かん》璧《ぺき》だ。僕たちが手を出すまでもない」

クロエはお茶をお盆に載せて振り返る。エルドと視線が合った。

「ただ、クロエ――少し鬱陶《うっとう》しい連中が、この辺にいるんじゃないか？」

「ご明察です。まぁ、ヒナたちでは手を焼く、相手ですね」

エルドとクロエがこの街に入ってから、あからさまに監視《かんし》の数が増えた。手は出してこないが、うろちょろする暗殺者――それを〈暗部〉は上手く捕縛していった。

だが、ヒナたちは気づいていない。その動きを監視する者たちに。

（最初は私たちを見ていたが、すぐに監視を解いた。囮《おとり》だと、気づいたから）

巧妙《こうみょう》な手口には覚えがあった。クロエは軽く肩を竦めて言葉を続ける。

「多分、〈黒星〉でしょう」

「ああ、なるほど。ヒナが躍起になるのはそれが理由か」

エルドとクロエは頷き合う。一方でヴィエラは理解できずに眉《まゆ》を寄せていた。が、クロエが黙ってお茶を差し出すと、何も聞かずにお茶を味わった。エルドもお茶を受け取ると、ゆっくりと一口飲む。

しばらくの沈黙《ちんもく》。やがてヴィエラはエルドの方を見て訊ねる。

「……エルド、何か手伝えること、ある？」

「ん、そうだな……姉さん、この辺で適当な飲み屋はあるかな」

「え、飲み屋？」

その問いかけにヴィエラは少し意表を突かれたようだが、エルドの眼差しに気づくと真剣な表情で考え込み、三つの名前を挙げた。

「ここが一応飲み屋。大分、混雑しているけど」

「混雑していれば、している方がいい。密偵が忍び寄れる隙《すき》がある方がいい」

「まさか、誘《おび》き出して斬《き》るつもり？」

「相手の出方次第《しだい》だけど、恐《おそ》らくそうはならないよ」

ただ、とエルドは少し申し訳なさそうに眉を寄せる。

「姉さん、今日の夕飯はなしで頼む。折角、休みを取ってもらったんだが」

「いいわよ、それくらい。むしろ今日もお喋《しゃべ》りに付き合わせて悪いな、と思っていたから
――邪魔していない？　二人のこと」

「いや、まさか。だよな？　クロエ」

「当然、です。ヴィエラさんは、エルドさんの家族、なのですから」

「ふふ、ありがと。クロエさん」

ヴィエラは嬉しそうに笑うと、少しだけ目を細めて訊ねる。

「それで——二人は何をするつもりなのかな？」

「ん、ただの食事だよ。姉さん」

エルドの言葉にクロエは一つ頷いた。エルドの魂胆《こんたん》は分かっている。彼の意図を汲《く》むと、クロエはいつもの黒衣の裾《すそ》を揺らしてエルドの顔を見上げる。

「その前に少し準備を、しますね」

「ああ、手間をかけさせるな」

エルドは表情を緩《ゆる》めると、クロエの肩に手を置いた。大きな掌に抱き寄せられ、クロエが彼に身を寄せると、彼は腰を折って顔を近づけ。

唇《くちびる》に熱い感触が広がった。クロエは束《つか》の間《ま》、それに頭が痺《しび》れていき。

ふと面白《おもしろ》がるヴィエラの視線に気づき、慌《あわ》ててクロエは身を離した。

「え、エルドさん、ヴィエラさんが、見ています……っ」

「いいだろう。身内だし、恥《は》ずかしいところは何度も見られている」

エルドはさらっとそう言うが、彼自身も少し恥ずかしかったらしく、視線が微かに泳いでいる。それに、と彼は呼吸を一つ挟んでから悪戯《いたずら》っぽく笑った。

「これは報酬《ほうしゅう》の前払《まえばら》いだよ」

「……っ、仕方のない、人ですね……」

本当にこの人はずるい。人をやる気にさせるのが上手いのだ。

クロエは頬《ほお》の熱を振り払《はら》うように首を振り、ベランダの方へ足早に向かう。引き戸を開けると、涼《すず》しい風が入ってくる。それを味わってからクロエは振り返った。

「行ってきます」

「うん、行ってらっしゃい」

エルドは柔らかく笑って手を振る。見送ってくれる旦那《だんな》に表情を緩めると、クロエは素《す》早《ばや》く地を蹴《け》り、ベランダから飛び出していった。

□

日が暮れたペイルローズの街に月の光が降り注ぐ。
その中央区――その一角には月光を受けて美しく照らされる白亜《はくあ》の建物があった。伝統的な王国様式に従い、赤レンガで作られた迎賓館《げいひんかん》である。

今回、サミットの開催《かいさい》に伴《ともな》い、多くの要人を迎《むか》え、国際会議が開かれた。

そして今、迎賓館の広間では要人たちが集められ、煌《きら》びやかな夜会が開かれていた。

王族や貴族、大臣たちが言葉を交わし合い、笑《え》みを交換する。広間のテーブルには、王国の宮廷《きゅうてい》料理人が腕によりをかけた、豪華《ごうか》な料理が並ぶ。舞台《ぶたい》では、音楽団が荘厳《そうごん》な音楽を奏《かな》で、宴《うたげ》を盛り上げている。

その中で、一際《ひときわ》目を引くのはレオンハルトだ。真紅《しんく》のマントをしっかり身に着け、王冠《おうかん》をつけた彼は威風《いふう》堂々《どうどう》としており、他の首脳に負けない威厳《いげん》を備えている。悠々《ゆうゆう》と彼は会場を見渡《みわた》している。

その姿を目にし、ふらりと一人の客が歩み寄る。酔客《すいかく》のような足取りでにこにこと笑みを浮《う》かべ――だが、その目は笑っていない。よからぬ思いを胸に、彼は王の元へ歩み寄っていき。

不意にその行く手を、燕尾《えんび》服《ふく》の小柄《こがら》な男性が遮《さえぎ》った。

「失礼――お客様、足元が優《すぐ》れないようですが」

あくまで丁寧な口調と仕草。だが、確実に男の身体を止め、にこやかに告げる。

「係の者が休憩室《きゅうけいしつ》にご案内します――どうぞ、ごゆっくり」

その瞳《ひとみ》から迸《ほとばし》った殺気に男は息を呑《の》む。直後、どこからか燕尾服の男が二人現れ、男を支えるようにして連れていく。それを見届けてから、燕尾服の男は軽く自分の服を払ってから踵を返し、レオンハルトの元へ歩み寄ってくる。

うむ、と彼は威厳ある顔つきで頷き、使用人の肩《かた》を叩《たた》いて耳元に口を近づけた。

「よくやった――それに似合うな、ヒナ」

「……王様、言われても嬉しくないにゃあ」

燕尾服で男装した少女、ヒナは半眼になって言葉を返す。元々すっきり整った顔立ちであることもあり、今のヒナの見た目は美少年の使用人だ。さらしを巻いた胸元《むなもと》を押《お》さえ、小さな口調でぼそりと毒づく。

「どうせ、貧乳《ひんにゅう》ですよーだ」

（……別に、ヒナが貧乳だと思ったことはないんだが）

ヒナはスキンシップが激しいので、彼女《かのじょ》の胸が身体に押し付けられることもある。その感覚は見た目以上に柔らかい。脱《ぬ》いだら結構あるのではないか、とレオンは推測していた。

ヒナは胸から手を離すとこほんと一つ咳払《せきばら》いして、視線を奥《おく》に向けた。

「陛下、お願いですから奥に引っ込んでいてもらえますか？」

「ああ、すまん。少し迂闊《うかつ》だったか――さっきの男は？」

「確かこの前、つまらない罪で減封《げんぽう》された貴族です」

ヒナの言葉に、ああ、とレオンは思い出した。

害意があったかどうか不明だが、なかったとしても用件は恐らく、罪を減免《げんめん》して欲《ほ》しい、とかつまらない嘆願《たんがん》だろう。分かった、とレオンは軽く頷き、奥へと戻《もど》る。

そこは夜会の場でも使用人に扮《ふん》した〈暗部〉が固めている場所。レオンに挨拶しようと近づいても、信用のおける者以外は〈暗部〉が通さない。ヒナは視線とさりげない仕草で部下に指示を出し、再び夜会の参加者に紛《まぎ》れていく。

レオンは飲み物を口にしながら夜会を眺《なが》めていると、そこに一人の男が歩み寄ってくる。使用人たちは止めない――当然だ、明確な味方なのだから。

礼装を身に纏《まと》った彼はエルフの美貌《びぼう》をさらに引き立てており、通るだけで女性たちの目を奪《うば》っていく。彼はレオンの目の前まで来ると恭《うやうや》しく拝礼した。

「陛下、ご挨拶は終わりましたか？」

「もちろんだ。クラウスも挨拶回りは終わりか」

「ええ、モーゼル王国にいるくらいなら、我《わ》が国《くに》に、と引き抜《ぬ》きをかけられましたよ。あはは、どうしましょうか、陛下」

「行きたければ行けばいいぞ、クラウス。強《し》いて止める気はないさ」

「……全く、冗談を真剣に返さないでくださいよ」

クラウスは少しだけ唇を尖《とが》らせ、手にしたワイングラスを手の中でくるりと回す。そして目を細め、穏やかな口調で続ける。

「しばらくは貴方《あなた》の元で相談役をしていますよ。その方が面白そうですし」

「それはありがたい。其方《そなた》のような知恵者《ちえしゃ》が傍にいてくれれば国も安泰《あんたい》だ」

王に相応《ふさわ》しい鷹揚《おうよう》な振る舞《ま》いでレオンは告げ、だが声を低くすると少し眉尻《まゆじり》を下げた。

「……もし自分が志半ばで倒《たお》れたとしても、国を支えて欲しい」

「情けないこと言わないでください、レオンくん」

クラウスは明るく笑い飛ばし、だが気遣《きづか》うような眼差しでレオンを見る。

「……どうかしましたか。まさか、何か……」

「いや、何かあったわけではないが――エルドほどではないが、自分も戦場に長く身を置いたから分かるんだ。巧妙に隠《かく》しているが、殺気を向けられている、と」

レオンはぐるりと夜会を見渡す。その肌《はだ》にまた微かな殺気を感じる。だが、どこにいるかは判別できない。思わず小さく苦笑する。

（エルドたちみたいな腕利《うでき》きの〈英雄〉ならすぐに判別できるんだろうが）

やはり実力不足だ、とレオンはため息を一つつき、クラウスの肩に手を載《の》せた。

「ヒナも侵入《しんにゅう》を防げなかった連中だ。不覚を取る可能性がある」

レオンの真《ま》っ直《す》ぐな視線をクラウスは見つめ返していたが、一つ吐息《といき》をついてやれやれと苦笑を返した。

「そこはヒナさんたち――〈暗部〉の子たちを信じてくださいよ。レオンくん」

「それはもちろん、信じているが……」

「それに、ですよ」

クラウスはレオンの言葉を遮り、意味ありげな笑みを浮かべて続ける。

「私が何の策も講じていないとでも？」

その笑顔《えがお》は大戦のとき、よく見た奇策《きさく》を献《けん》じるときの表情だ。その笑みには何度も助けられ、同時に驚《おどろ》かせ続けてきたものだが――。

（……ん？）

ふと周りの使用人――〈暗部〉の動きが変わったことに気づく。何かを警戒《けいかい》するように視線を会場の入り口に向けている。

その入り口の方では何か人々がざわめいている。それに反応し、人々もそちらに注目している。レオンが眉を寄せていると、ヒナが足早に傍へ戻ってきた。

「何があった。ヒナ」

「確認中です。が、何者かが入って来たようです」

「入ってきた……夜会の参加者か？　近衛は何故《なぜ》、止めていないのだ」

「不明です。陛下は動かれないように」

ヒナの言葉に頷き、レオンは悠然《ゆうぜん》とその場で入り口の方に視線を向ける。聞こえていたどよめきは次第に大きくなりつつある。

レオンが眉を寄せていると、ヒナの傍に使用人の一人が駆《か》けつけ、報告を耳打ちする。

直後、彼女は微かに目を見開き、そして何かに感づいたようにクラウスを振り返る。

その視線にクラウスは悠然とグラスを口に運びながら片目を閉じた。

（……このざわめきは、クラウスの仕込み、か？）

ヒナはさりげない動きでレオンの元に戻り、小さな声で告げる。

「この騒《さわ》ぎはどうも、お客人によるもののようです」

「客人？　まさか、エルドたち……？」

「いえ、彼らではありません。ですが――」

ヒナは少しだけ苦笑をこぼし、目を細めて告げる。

「彼と同じくらい、頼《たよ》りになる方々、ですよ」

ヒナの視線が人混みの方へ向く。それを追いかけると、丁度人混みが割れて悠然と歩いてくる二人の人影《ひとかげ》が目に入った。その姿に思わず目を見開きそうになるのを律する。

（……おいおい）

確かに頼りになる存在だ、と彼は内心で苦笑を浮かべ、近づいてくる二人に視線を注ぐ。

一人はドレスを身に纏った女性だった。姫君《ひめぎみ》のような端正《たんせい》な顔立ちだが、その眼光は鋭《するど》く、歩くたびにしなやかな筋肉に恵《めぐ》まれた足が見え隠れする。白い髪を揺らしながら悠然とレオンの目の前に立つ。

そして、もう一人はこの宴には似つかわしくない旅装姿だった。色黒の肌をした大柄《おおがら》の彼は野性味を帯びた顔立ちをし、髪の毛もぼさぼさ――さすがに夜会の参加客も眉を顰《しか》めている者も多い。だが、表立って注意できる人間はいないだろう。

何故《なぜ》なら、この二人は終戦の立役者――〈英雄《えいゆう》〉なのだから。

「久々だな。〈金の英雄〉シズナ、〈紅の英雄〉アグニ」

レオンがその名を呼ぶと、二人は不敵な笑みをこぼした。

どちらも魔王《まおう》大戦で活躍《かつやく》した〈英雄〉だ。大戦終了《しゅうりょう》後、二人は国や組織に所属することを良しとせず、別れを告げて各地を流浪《るろう》していたはずだが――。

レオンがまじまじと二人を見ると、シズナは小さく笑って一礼し、アグニは不遜《ふそん》に鼻を鳴らす。

「本当に久しぶりだね、レオン。少し痩《や》せた？」

「苦労しているみてぇだな。レオンハルト」

二人とも敬意を払う気はないらしい。そういうところも相変わらずのようだ。ヒナは眉を寄せて苦言を呈《てい》そうとするが、レオンは手を挙げて制する。

「気にするな——二人は地位とか評判とかを気にしない、生粋《きっすい》の武人だからな。だから軍にも属していないのだし」

「うん、よく分かっていらっしゃる。一応、私はドレスコードを守ったけどね」

「ドレスコードなんて知らねえよ。シズナ。それよか、レオンハルト、俺《おれ》の用件はたった一つだ」

アグニは乱暴な口調で告げると、激しい眼光でレオンを睨んで唸《うな》った。

「エルバラードはどこだ。今度こそ、白黒つけてやる」

その一言で全て合点《がてん》がいった。

恐らく、クラウスはエルドがこの街にいる、という情報をこの二人にもリークしていたのだ。彼の存在に反応するのは、何も暗殺者だけではない。

この武人である〈英雄〉たちもまた、エルドのことを探し求めているのだから。

（炎《ほのお》の戦士、アグニ・シャンカル。拳闘《けんとう》の達人、シズナ・リース・カンナギ）

二人はエルドに匹敵《ひってき》する好敵手。実力だけならば彼と同等――そして、高みを目指す武人である故に、彼との戦いを常に渇望《かつぼう》していた。

大戦の最中も、隙あらばエルドと手合わせしていたくらいだ。

二人は大戦終結後、本気で彼とやり合うことを望んでいたようだが――。

「ふふ、魔王大戦の後は白黒つける余裕《よゆう》もなかったし」

「あの野郎《やろう》、のらりくらりとごまかすうちに姿を消しやがった――おい、レオンハルト、どこに匿《かくま》ってやがる」

「別に匿っているつもりなどないが」

凄《すご》んでくる〈紅の英雄〉を前にして、レオンは苦笑をこぼし、目を細めた。

「……ただ、この場にエルドはいない」

「――ほーう」

「この場に、ねぇ」

嘘《うそ》は言っていない。だが、アグニとシズナは何か感じたように目配せし合う。

彼らもまたエルドの戦友――〈死神〉の存在は知らずとも、彼が諜報網《ちょうほうもう》を駆使《くし》して日々、暗殺者と戦いを繰《く》り広げていたことを知っている。

だからこそ、レオンの言葉を別の意味で理解した。してくれた、ようだ。

「なら、ここで待たせてもらおうか。レオンハルト」

椅子を引き寄せてどっかりと腰を下ろすアグニ。シズナはさりげなく会場を見渡し、冷ややかな笑みをこぼした。

「そうだね。裏方も苦労しているみたいだし――四人は、確実にいるね」

その言葉にレオンの傍のヒナは微《かす》かに目を見開いた。その彼女にレオンはそっと耳打ちする。

「……シズナは、悪意に敏感《びんかん》なんだ」

「……殺気ではなく？」

「そう。悪意」

シズナは過去、仲間に裏切られ、一族郎党《ろうとう》全てを亡《な》くした。その過去から人を信じることなく、常に疑ってかかっている。それだけに悪意には敏感だ。

彼女が行動を共にしたのは後にも先にもエルドと、その仲間たちだけだ。

「この二人がいてくれるのは、この上ない護衛だよ」

恐らく二人もそのことを自覚して、こうやって存在感を露《あら》わにしているのだろう。短いやり取りで状況《じょうきょう》を察し、かつての仲間を助けるためにこの場にいる。この二人がいれば確実に暗殺者たちは動けない。むしろ、動く前に二人に仕留められるだろう。

（……正直、二人を騙《だま》しているようで心苦しいが）

エルドは別に裏方で動いているわけではなく、本当にここにいないのだが。

一つ嘆息《たんそく》すると、その傍にクラウスが進み出て告げる。

「まぁ、懸念《けねん》することは分かりますが、あとはお任せを。レオンくん」

「お、クラウスも来ていたんだ」

「よう、クラウス、てめぇもエルドに用事か？」

シズナとアグニが声を上げげて、かつての仲間に親しげに話しかける。クラウスはにこりと笑みを見せると、その傍に歩み寄って告げる。

「ええ、お久しぶりです。私はレオンくんのお手伝いですが」

「お人よしだね、相変わらず」

「おい、折角だから〈匣〉出せよ、暇《ひま》つぶしに燃やしてやる」

「あ、ずるい。私が先に握《にぎ》りつぶしてみせるわよ」

「自重してください、アグニくん、シズナさん。夜会の場ですよ」

三人の〈英雄〉が集まって談笑《だんしょう》する——その雰囲気《ふんいき》に遠巻きに見ていた夜会の参加者たちは徐々《じょじょ》に警戒を緩めつつあった。それを見てレオンはにこやかに告げる。

「彼らは友人に会いに来ただけの様子――どうか大目に見て下さい」

「そう……でしたか。いやはや、何事かと」

「いや、しかしあの名高き最強の三英雄のうち、二人を目にできるとは……」

レオンの言葉をきっかけに夜会の雰囲気が戻ってくる。だが、参加者はわずかに数を減らしていた。視界の端《はし》にもそそくさと退出する参加者が見える。

それを見てヒナは軽く頭を垂れて後ろに退く――恐らく捕捉《ほそく》しに行ったのだろう。

（ま、ここは頼もしい護衛が三人もいるからな）

視線を〈英雄〉たちに向ける。クラウスが呼んだ給仕《きゅうじ》にアグニとシズナは遠慮《えんりょ》なくいろいろな注文をしている。それに苦笑しながらレオンはそこに足を向ける。

いつの間にかその身にへばりついていた微かな殺気は、消え失《う》せていた。

◇

「おい、今噂《うわさ》で聞いたんだけどよ、夜会に〈英雄〉が来たらしいぜ」

「マジかよ、何か重要な会議でもあるのかな」

盛り上がっている雑談に耳を傾《かたむ》けながら、なるほど、とエルドは一つ頷《うなず》く。

「明日もホテルから出ない方が良さそうだな。クロエ」

「そうですね――ゆっくり温泉、でも楽しみ、ましょう」

クロエはこくんと頷き、木のジョッキを口に運ぶ。エルドも目の前の料理をナイフで切り分けて口に運んだ。

二人が食事をしているのは、ホテルから少し離《はな》れた酒場だ。大衆向けの酒場であり、多くの客がテーブル席で騒いでいる。その騒ぎにクロエは小さくため息をこぼした。

「……少々、うるさいですね」

「兵舎の宴を思い出すな」

「まぁ、あれの方が、うるさかった、ですが」

「全くだ」

エルドは苦笑《くしょう》をこぼしながらステーキを切り分ける。出された料理は鉄板の上に焼いた肉が載せられただけの豪快《ごうかい》な料理だ。掛《か》かっているソースの味もかなり濃《こ》い。

昔、飲み屋でよく食べた料理に似ていて、どこか懐《なつ》かしい。

(とはいえ、さすがにホテルの料理や、クロエの料理の方が美味《うま》いな)

硬い肉を噛《か》みしめながらしみじみと思う。

だが、今回はある目的があってこの酒場に食事に来ている。クロエもその提案に理解を示し、こうしてエルドの隣《となり》で薄《うす》いエールで唇を湿《しめ》らせている。

その顔は無表情だが、視線は微かに不満そうだ。

（……これは後で米酒でも飲み直しかな）

エルドは思わず苦笑をこぼしていると、ふと前から声が響《ひび》いた。

「すみません——相席を、よろしいですかな」

視線を前に戻す。そこには杖《つえ》をついた一人の初老の男性が立っていた。髭《ひげ》を生やした旅装姿の男性であり、たった今街に到着《とうちゃく》したような疲《つか》れた笑顔だ。

エルドは一つ頷くと、目の前を手で示した。

「どうぞおかけください——混んでいますからね」

「ええ、いや申し訳ない。席があって助かりました」

男は足を引きずるようにして椅子に近づき、杖を机に引っ掛けてから椅子に腰《こし》を下ろす。

それをエルドはじっくりと見ていたが、微かに目を細めた。

「お気になさらず。貴方のことを、私たちも待っていたので」

「……おや、以前お会いしたことがありましたか？」

男が不思議そうに首を傾げるのを、エルドは軽く笑い飛ばした。

「とぼけなさんな。足を引きずっている演技は大したものだが、それにしては杖にあまり体重を掛けている気配がなかった。そいつは仕込み杖《づえ》だろう？」

「旅装ですが、その割に、靴底《くつぞこ》の砂が、少ないのも気に、なります」

エルドの指摘《してき》に次いで、クロエが淡々《たんたん》と言いながらエールを一口。

それから胡乱《うろん》な目つきを向けて彼女は小さく続けた。

「痕跡《こんせき》を消すのは、結構ですが、貴方たちは、少しやり過ぎです——見る、人間から見れば、分かりますよ」

「……はは、なるほど、これはしくじったか」

初老の男性の雰囲気が一転する。疲れた旅人から不敵な顔をした裏社会の住民の雰囲気へと変貌《へんぼう》。彼は優雅に足を組むと、苦笑い交じりに告げる。

「今まで陰《かげ》ながら護衛がついておったが、それをわざわざ外して二人で堂々とこんな酒場に来る——やはり、これは誘《さそ》い出しだったようだな」

エルドは首肯《しゅこう》してその言葉を認める——この状況は敢《あ》えて作り出したものだ。

クロエに〈暗部〉の護衛に話をつけ、一時的に護衛を外してもらい、闇夜《やみよ》を駆け回って〈黒星〉の位置に目星をつける。そして、その中心地《ちゅうしんち》にあった酒場に二人だけで堂々と来たのだ。

わざわざ騒がしい場所まで来たのも、エルドとクロエの周りをうろついている暗殺者を誘い出すためだ。そして〈白の英雄〉の誘いに敢えて乗ってくる者がいるとすれば、それは相当な自信がある者――つまり、相当手練《てだ》れの暗殺者だろう。

現にクロエは視線を一瞬《いっしゅん》たりとも目の前の男から外していない。

やがて、彼女は小さな声で告げる。

「――〈黒星〉の頭目、とお見受け、する」

「かくいう其方は〈死神〉殿《どの》、か」

暗殺者同士の視線がぶつかり合う。やはり、とエルドは内心で頷いた。

（まさか、と思っていたが〈黒星〉が動いていたか）

暗殺者集団の〈黒星〉にはエルドは何度も狙《ねら》われている。クロエが水面下で暗闘《あんとう》を繰り広げており、何度も取り逃《に》がしていた。

『――殺せ、と言われれば、奴《やつ》らを地の果て、まで追い詰《つ》めます』

大戦時、〈黒星〉を取り逃がしたクロエは無表情で冷静な言葉を残していた。

『ですが、深追い、すれば団長さんの警護、が手薄《てうす》になります。その間隙《かんげき》を突《つ》かれては、元も子もありません。なので、追いきれない――忌々《いまいま》しい、限り、です』

その後、機会を見つけては殲滅《せんめつ》作戦を行ったが、決定的な壊滅《かいめつ》には至らなかった。慎重《しんちょう》かつ老獪《ろうかい》に組織は動いており、ついにはクロエの手から逃げおおせた。

（クロエと引き分けた組織――その頭目がこの男か）

確かに見た目は初老の男性だが、その立ち振る舞いは隙がない。逆にこちらが隙を見せればすぐに手を下すだろう。老暗殺者はクロエをじっと見ていたが、やがて小さく吐息をこぼした。

「何度も戦ってきた宿敵と、こうして話す日が来るとは思わなんだ」

「こっちこそ……エルドさんが、言い出さなければ、あり得なかった」

クロエは視線を逸《そ》らさず唇をほとんど動かさずに答える。その言葉に頭目は視線をエルドに移した。探《さぐ》るような眼差《まなざ》しを向けて訊《たず》ねてくる。

「〈白の英雄〉殿が、何の用かね？」

「用件はたった一つだけだよ、頭目殿」

エルドは真っ直ぐにその男の目を見つめる。相手の瞳の奥を見据《みす》えながら、はっきりと告げる。

「我々に手を出すな――ただ、それだけだ」

「……脅《おど》し、のつもりかね」

「そう捉《とら》えてくれても構わない。こちとら、もううんざりなんだ」

小さくため息を一つつき、エルドは指先で机を叩く。

「あんたたちに何人の仲間が殺されたか――それを思い出すだけでも、腸が煮《に》えくり返る。正直に言えば今、まだ騎士《きし》であれば斬り殺しているかもしれない」

淡々とした言葉に頭目は静かに耳を傾けている。その瞳の奥は淀《よど》んでいて何を考えているか分からない。嫌な目だ、と思いながらエルドは言葉を続ける。

「ただ、僕《ぼく》たちはもう引退した。だから、あんたたちが手を出してこない以上は、こちらも手は出さない。それは約束しよう」

「なるほど、そちらにとって虫がいい話にも思えるがの」

頭目は薄く笑いながら手を挙げる。瞬間《しゅんかん》、少し離れた場所から気配。一つではなく、複数の気配がエルドたちを取り囲むように動いていく。

「我々とすれば、ここで貴方を殺っちまうのが一番、都合がいいと思える」

「まぁ、確かにそれも否定はしないな」

殺気が向けられている。それを平然と受け止めてエルドは真っ直ぐに目を見据え。気迫《きはく》を、解き放った。

「殺せるものなら、な」

瞬間、頭目の身体がぴくりと動いた。そこで初めて表情が揺《ゆ》らぐ。焦《あせ》り、怯《おび》え――それを一瞬で無表情で覆《おお》い隠す。

大したものだ、とエルドは目を細める。

エルドが放った気迫は本気のものだ。武人として研《と》ぎ澄《す》まされた殺気を交えて解き放った。並大抵《なみたいてい》の人間であれば殺されると直感し、恐怖《きょうふ》で失禁する。

だが、甘《あま》い。冷汗《ひやあせ》がこぼれている。

「殺り損《そこ》なえば、ひどい目に遭《あ》います……敵対したことを、後悔《こうかい》する、ほどに」

そう告げるクロエは愉快《ゆかい》そうな口ぶりで告げる。感情を露わにした彼女は歪《いびつ》な笑みを浮かべ始めていた。見る人に恐怖を覚えさせる、〈死神〉の笑み。

その二人の気迫を前に〈黒星〉の頭目は黙《もく》し――やがて小さく吐息をこぼす。

「……仕方あるまい。承知しよう。其方たちには、手を出さない方が良さそうだ」

静かな言葉は諦《あきら》めを含《ふく》んでいた。嘘をついている気配はない。エルドは少し意外に思いながら片眉を吊《つ》り上げた。

「物分かりが良いな」

「無論、承服はしかねる。我々にも仕事の矜持《きょうじ》がある故な。だが、仮に手を下す場合、我々の準備が万端《ばんたん》で、かつ不意打ちだとしても片方を殺るので精一杯《せいいっぱい》になるだろう。それでも多くの犠牲《ぎせい》を払うだろうが」

だが、とそこで一つため息をつき、頭目は視線を上げて二人を見比べる。

「そうなれば、生き残った方が復讐《ふくしゅう》の鬼《おに》になるだろう。地の果てまで追いすがり、我々を一人残らず絶やす――そのくらいなら、その要求を呑むくらい安いものだ」

「よく、お分かりで」

「分かるとも。〈死神〉殿。其方たちがこの街に来てから、ずっと監視させていただいたのだぞ」

そう言うと頭目は少しだけ笑みを見せた。殺し屋ではなく、一人の初老の男性としての穏《おだ》やかな笑みで彼は続ける。

「そのやり取りを見ているだけで充分、伝わってくるとも――お互《たが》いのことを恋《こ》い焦《こ》がれ、求め合い、そして愛し合っていることが。正直、我々も何を見せられているのか、困惑《こんわく》させられるほどにな」

口にされた言葉は、敵対する暗殺者からのものとは思えなかった。エルドは思わず困惑しながらクロエを横目で見る。クロエの表情は一瞬だけ揺らいだが、すぐに表情をかき消していた。淡々とした声で告げる。

「勝手に見ないでください……殺し、ますよ」

「それは、悪かったたな。ただ、約束は守る――我々は、この大陸から姿を消そう」

その言葉にエルドは軽く眉を吊り上げる。

「随分《ずいぶん》、思い切りがいいな」

「元々、その予定だったのだ。我々は〈英雄〉たちの恨《うら》みを買い過ぎたからな。だから今回がこの大陸で最後の仕事のつもりであった……失敗したがね」

〈黒星〉の頭目は苦笑をこぼし、手を挙げる。それを合図に周囲を囲んでいた気配が消えた。彼も席を立つと、最後にエルドとクロエを一瞥《いちべつ》して告げる。

「もう二度と、会うことはなかろう」

その言葉を最後に彼は足早に店から立ち去っていく。扉《とびら》から彼が出ると、彼らの気配は全て掻《か》き消えていた。去り際も潔《いさぎよ》い集団だ。

（……まぁ、それだから僕たちも仕留めきれなかったんだが）

エルドは安堵《あんど》の吐息をつく。クロエも身体の力を抜くと、深くため息をこぼした。

「……久々に、緊張《きんちょう》、しました」

「ありがとう、クロエ。護《まも》ってくれて」

「いえ、当然のこと、です」

クロエはそう言いながら指を持ち上げて、宙でくるくると回す。その指先に透明《とうめい》な糸が巻き取られていく——暗殺用の糸だ。

　エルドもまた懐《ふところ》には短剣《たんけん》を隠してある。いざとなれば戦える準備はあった。

「正直、暗殺者と接触《せっしょく》するのは、これで最後、にしたいもの、です」

「一応、〈黒星〉は約束してくれたが。大陸を去るとも告げたし」

「どうでしょうか。所詮《しょせん》は、口約束、です。いずれはきっと、破るでしょう」

　とはいえ、とクロエは軽く肩を竦《すく》めて言う。

「そのときは私たちが、敵対することを、告げました――なら、私たちが虎《とら》の尾《お》で、あり続ける限り、彼《かれ》らはそれを、踏《ふ》むことはあり、ません」

「……気に喰《く》わないが、その辺は奴ら、プロだからな」

「そういうこと、ですね」

　クロエの頷きに、エルドは一つ吐息をこぼして木のジョッキに手を伸《の》ばした。

「ということは、ひとまず決着だな」

「そう、ですね」

「新婚《しんこん》旅行の礼、くらいにはなったかな」

〈黒星〉さえいなければ、レオンたちでも充分《じゅうぶん》に刺《し》客《かく》を捌《さば》き切れるはずだ。

尤《もっと》も、この街にはすでに五人の〈英雄〉が滞在《たいざい》している。そんな中でサミットを襲撃《しゅうげき》しようと考える刺客がどれだけいるか、分からないが。

「充分すぎる、かと」

クロエは一つ頷きながら木のジョッキを手にしていた。エルドを見て目を眇《すが》める。

「エルドさんは、相変わらず、お人よしです」

その彼女の言葉は呆《あき》れているようで、だけど眼差しは優《やさ》しく柔《やわ》らかくて。

エルドは笑みをこぼしながら、ジョッキを差し出した。ごん、と二人はジョッキをぶつけ合わせると同時に口に運んだ。エールの香りが口の中で弾《はじ》ける。

（ああ、酒場で飲む酒の味は、これだよな）

酔客のざわめきと、安酒の味。レオンと飲んだ酒を思い出す。

だが、酒の好みにうるさいクロエは少し不満げだ。木のジョッキを置くと、一つ吐息をついてからエルドの腕《うで》を掴《つか》んだ。

「……飲み直しに、行きましょう」

「そうなるよな」

「別に、安酒でも、いいんですが」

彼女は腕に顔を擦《す》りつける——そして周りから顔を見えないようにして。

上目遣《うわめづか》いで、唇を少しだけ尖らせ、甘えるような口ぶりで告げる。

「……折角《せっかく》なら、頑張《がんば》ったご褒美《ほうび》が、欲しいです。前払い以上は、働きましたから」

「……ああ、そうだな」

今回の〈黒星〉の接触では、クロエに大分動いてもらった。

そもそも、連中は危険人物。何の備えもなしに接触するわけにはいかない。しかも、護衛すら今は外しているのだ。仮に戦う羽目になれば二人だけで精鋭《せいえい》の暗殺者と戦わなければならない。すわそのときのために、この地の周りには様々な仕込《しこ》みがしてある。

それをたった数時間で彼女はやってのけたのだ。

そのことをエルドは充分知っている。だから彼は優しく彼女の身体を抱《だ》きしめ、労《ねぎら》うようにその額にキスを落とした。

「静かな場所で、美味い酒を飲み直そう——それでその後は、お嫁《よめ》さんの我がままに付き合おうかな」

「……いいん、ですか？」

「ああ、それくらいのご褒美は必要だろう？」

腕の中に視線を向けると、クロエは嬉《うれ》しそうに表情を綻《ほころ》ばせる。薄い表情に花咲《はなさ》いた笑顔は、エルドだけの特権だ。彼はその髪《かみ》を指で軽く梳《す》いてから身体を離す。

それを合図にすっと無表情になりながら、クロエは軽く腕を引いた。

「では、早速《さっそく》ですが行きましょう、か」

「ああ、そうだな」

急《せ》かす彼女に腕を引かれて腰を上げる。勘定《かんじょう》を払《はら》い、酒場を出れば涼《すず》しい海風が頬《ほお》を撫《な》でた。クロエはエルドの腕を抱きながらゆるやかに首を傾《かし》げる。

「どこに、行きましょう、か」

「まずは酒を確保して——その後は、気の向くまま、というのは？」

行き当たりばったりの考え方——当然だ、この街はあまり知らないのだから。

だが、それでもクロエと一緒《いっしょ》なら充分楽しめる。その確証がエルドにはある。クロエも同じなのだろう、一つ頷いて無言で寄り添《そ》ってくれる。

いつもと違《ちが》う場所で、いつもと同じ距離《きょり》感。

新鮮《しんせん》なのにそれが心地《ここち》よくてたまらない。エルドは表情を緩《ゆる》めると、彼女の肩を抱いて夜の街を歩き始める。

二人で歩く宿場町は、大戦の時よりもどこか輝《かがや》いて見えていた。

第六話　平和を愛する者たち

episode 06

「――以上になります。これより騎士たちに休息を取らせます」

「ああ、そうしてくれ。羽目を外してもいいが、明日には撤収《てっしゅう》だ。酔《よ》い潰《つぶ》れないようにな」

「兵たちにも、そう伝えます。では、失礼いたします」

騎士が拝礼して踵を返す。彼が部屋から退出するのを見届けると、レオンは深くため息をこぼし、背もたれに身体を預けた。

（やっとサミットが終わったか……）

会談や夜会が終わっても気が抜けなかった。

暗殺者はどこで襲《おそ》ってくるか分からない。時間があれば警備計画を見直し、抜けがないかあれこれ考え、そのたびに傍《そば》の近衛騎士に戒《いまし》められていた。

そして、全ての首脳がペイルローズを後にし、ようやく治安維持《いじ》の引き継《つ》ぎも終わった。肩の力をほんの少しだけ抜くことができる。

視線を外に向ければ、すでに日が暮れている。空は闇夜だが、街の方向は明るく光を放っている。歓楽街《かんらくがい》はこれからが盛り上がる時間だろう。

それをぼんやり眺めていると、ふと背後から呆れたような声が聞こえた。

「王様、抜け出して色街に行こうとか考えていないよね？」

「それも悪くないな、とは思っていた」

レオンは言葉を返しながら視線を室内に戻す。そこにはいつの間にかヒナが部屋の片隅《かたすみ》に立っていた。彼女《かのじょ》は少し困ったように苦笑いをこぼす。

「……止めはしないけど、護衛は山ほどつけるよ？」

「それは逆に休まらなさそうだ。やめておこう」

「うん、何事もなくサミットが終わったんだから、少し休んだ方がいいよ。王様」

「そうだな。けど、その前に――〈暗部〉組頭《くみがしら》の報告を聞こうか」

レオンは身を起こしてヒナを真っ直ぐに見る。彼女は真面目な表情になって頷いた。

サミットは何事もなく終わった。だが、それはあくまで表面上だ。その裏側では人知れず魔《ま》の手を排除《はいじょ》するために〈暗部〉が暗闘していた。

それを公表する必要はない。だが、王であるレオンは知らねばならない。

「何人、死傷した」

「三名死亡。十八人負傷。負傷者はいずれも軽傷です」

ヒナは視線を逸らさずはっきりと告げる。それが頭目としての役目だから。

「一人はつまらないミスが原因ですが。それ以外の二人は恐《おそ》らく〈黒星〉に消されました」

「……そうか……名前は？」

「失礼いたします」

ヒナはそっとレオンに近づき、その耳元に口を寄せる。レオンはそれに耳を傾けると、三人の名前を聞き取った。

〈暗部〉は諜報《ちょうほう》組織。表立って存在は認められていない。

故にその活動は記録に残すことはできない。だから、こうしてレオンは記憶《きおく》する。その働きを忘れないように。レオンは目を閉じてその名を心に刻《きざ》み込《こ》む。

ヒナがそっと身を引いてその横顔を見つめていると、彼は瞳《ひとみ》を開く。

そして、彼女の目を見つめて威厳《いげん》に満ちた口調で告げた。

「大儀《たいぎ》であった。ヒナ」

「はっ」

ヒナは深々と頭を下げて一礼する。しばらくの沈黙《ちんもく》の後、レオンは吐息をこぼして軽く手を振《ふ》った。その気配を察してヒナは顔を上げて仕方なさそうに笑う。

「……王様は本当に……。こんなことまで、背負わなくてもいいのに」

「性分《しょうぶん》だし、父上の教えだ。兄上もそうだった」

ふと思い返す。父は優《すぐ》れた王で、父親であった。

レオンの奔放《ほんぽう》な性格を否定することなく伸ばし、帝王学《ていおうがく》をその身に教えた。民と国の意味を教えてくれた。一時、レオンは優れた兄に嫉妬《しっと》したこともあったが、そんな弟のことも父は見て諭《さと》してくれた。兄もレオンに真っ直ぐに向き合ってくれた。

だが――今は父も、兄もいない。レオンが背負わなければならない。

「国を背負うっていうのは、大変だな。本当に」

深々と吐息を一つつきながら、レオンは目の前の書類に手を伸ばす。大分少なくなり、文官が処理できる範疇《はんちゅう》だが、休む前に目を通しておきたい。

それにヒナは少し呆れたように告げる。

「さすがにもう休んだら？　王様。その辺は別に、王都に戻《もど》ってからでも処理できるでしょ。文官がすでに目を通した内容でしょ」

「ああ。だが、内容次第《しだい》では王都に戻る前に、手を打つ必要があるかもしれない」

今回はサミットの警護のために近衛騎士団《きしだん》や〈暗部〉を大きく動かした。そのひずみがどこかにあるのならば、優先して対応しなければならない。

（今回は各地の屯田兵《とんでんへい》からも兵力を抜《ぬ》いたからな……）

思考を巡《めぐ》らせながら書類を置き、他の書類に手を伸ばす——その書類が遮《さえぎ》られた。

（……ヒナ？）

いや、それにしては手が大きい。瞬《まばた》きしながら視線を上げ——懐かしい顔と目が合った。

レオンが驚愕《きょうがく》に目を見開くと、彼は仕方なさそうに笑いかけた。

「相変わらず無理をする。少しぐらい、部下に任せたらどうだ。レオン」

幻覚《げんかく》を疑う。だが、その声と眼差し、そして気迫は真実だ。

親友——エルバラード・リュオンが、そこに立っていた。

「ようやくサミットが終わったのだから、休めばいいのにな」

エルドはレオンの手から書類を引き抜き、とんとん、と軽くまとめて脇《わき》に置いた。その傍から音もなく一人の少女も姿を現す。

その二人をまじまじと見てようやくレオンは我に返ると、問いかける。

「エルド、それにクロエも……どうして、ここに」

「おいおい、僕たちを新婚旅行に呼んだ張本人がそれを言うか？」

「お礼を言わずに、立ち去るほど……エルドさんは、不義理、ではありません」

エルドは腰に手を当て、クロエは無表情に淡々と補足。それから後ろ指で背後を示した。

そこにはにこやかな笑《え》みを浮《う》かべたクラウスも立っている。

「なので、クラウスさんに、ヒナを呼び出して、もらいました」

「あはは……ごめんなさい。王様。裏の通路で、通しちゃいました」

「……全く、もうお前は騎士じゃない、というのに」

レオンは少しだけ苦笑をこぼす。だが、久々に親友と話せて嬉しいのも事実だった。分かっているよ、とばかりに彼は書類から手を離した。

だが、レオンからは目を離さない。真《ま》っ直《す》ぐにその目を見つめてくる。

「騎士ではないが、友人として言わせてもらう――お前、顔色、大分悪いぞ」

「……仕方ないだろう。人手が足りていない」

「本当に、そうか？」

その言葉と共にエルドは真っ直ぐにレオンを見つめてくる。気迫が込められた視線に捉えられ、目を逸らすことができない。

思わずそれに気圧《けお》されていると、小さくため息をついて彼は肩《かた》を竦める。

「ま、レオンは何でも自分でやる性格だからな。ある程度、人材はいたとしても最終的に自分で目を通さないと気が済まないだろう」

「……よく分かっているな、エルド」

「ああ。だからこういうときには仕事から手を離して少し気を抜け」

告げられた言葉は諭すようで、思ったより優しかった。意外に思いながらレオンがエルドの顔を見やると、彼は軽く笑いながら告げる。

「騎士なら説教を垂れるところだが、もう騎士じゃないからな」

「はい、私たちがするのは、息抜《いきぬ》きの手伝い、でしょう……そして」

クロエはくるりと振り返り、後ろに立っていたヒナを鋭《するど》く見据える。その眼光にヒナは表情を引きつらせ、強張《こわば》った笑みで訊ねる。

「な、なんすか、先輩《せんぱい》」

「……私ももう〈暗部〉では、ないですが。先輩として、不甲斐《ふがい》ない後輩《こうはい》に、一言、言っておこうかと」

クロエは冷たい眼差しを向け、淡々とした口調で告げる。

「私たちは密偵《みってい》です。主の命令は絶対であり、従わなければなりません。ですが、同時にヒナはレオンさんの、護衛――影《かげ》でもある……違いますか」

「違わ、ないです……」

「それならばレオンさんの傍からは、一切離《いっさいはな》れるべきでは、なかった。それにも拘わらず、ヒナ、貴方《あなた》は王宮を離れていた、でしょう」

「う……先輩は何でもお見通しですね……その通りです」

ヒナが悄然《しょうぜん》と項垂《うなだ》れる。それを見てレオンは慌《あわ》てて腰を上げた。

「待て、クロエ。それはヒナにそうしろと命令したからであって」

「命令が、なんだというのです」

クロエの静かな、だが、叩《たた》き切るような言葉がそれを遮った。

それにヒナもレオンもクラウスも――エルドですらも驚《おどろ》きを見せる。クロエの視線はそれらを一切《いっさい》無視し、珍《めずら》しくはっきり聞こえる口調で続ける。

「命令をただ聞いて傍から離れるのは三流。命令に対して諫言《かんげん》できて、はじめて二流です。一流の影は光の傍に常にいてこそ、影。傍を離れる命令をさせないように、様々に手を打っておくべきなのです」

そこでクロエは一息つくと、微かに視線を逸らして小さく付け足す。

「……傍を離れているときに、主が殺されたら……一生、後悔しますよ」

その言葉にエルドは黙《だま》って手を伸ばし、クロエの肩を抱き寄せる。彼女は彼の手に自らの手を載《の》せると、静かに身を寄せた。

（……〈死神〉も後悔してきたんだな）

大戦時、エルドは何度も大怪我《おおけが》をしている。そのときは大体、クロエは彼の命を受けて何かの仕事をしていた。結果的に助けが間に合い、彼は命を拾っているが、そのたびにクロエは傍を離れたことを後悔していたのだろう。

現に大戦後期はエルドとクロエはずっと離れずに行動していた。

ヒナはクロエの言葉を噛みしめるように俯《うつむ》く。肩を震《ふる》わせるヒナをクロエは見つめ、やがて静かな口調で告げる。

「ですが——ヒナ、貴方の手腕《しゅわん》は、見事、でした」

一転して褒《ほ》める言葉にヒナは視線を微かに上げる。クロエは淡々と言葉を続けた。

「密偵としては、見事です。的確に人員を配置、した上で、要人を護り抜いた。少ない手勢、でよくぞやった、と評価できます——頭目として、もはや充分、でしょう」

クロエはそこで言葉を切ると、ふっと表情を緩めた。

「よくやりました。ヒナ。先輩として、誇《ほこ》らしく思います」

滅多《めった》に見せない〈死神〉の称賛《しょうさん》。それにヒナは微かに目を見開いた。微かにその瞳が潤《うる》んで揺れ——だが、すぐにそれを覆い隠《かく》すように笑みを浮かべ、調子のいい声を上げる。

「あったり前じゃないですか、先輩っ。だって〈死神〉の後輩、なんすからっ！」

無邪気《むじゃき》にそう言い放った瞬間、彼女の瞳からぽろ、と涙《なみだ》がこぼれだす。涙は止まらず、太陽のような笑顔《えがお》を濡《ぬ》らしていく。

それを見てエルドは黙ってクロエから身を離すと、その背に手を当てた。クロエは一つ頷くと、ヒナに歩み寄ってその身体を抱き寄せる。

「……ヒナ。お疲れ様《さま》。今は、誰《だれ》も見ていないし、聞いていない」

「……うぅ、でも……」

「私たちは、密偵、だから」

その言葉にヒナの嗚咽《おえつ》が微《かす》かに大きくなる。それを聞こえないようにエルドはレオンの方を見やり、軽い口調で訊ねる。

「少しは部下を頼《たよ》る気になったか？」

「……ああ。正直、説教されるよりも効くな、これは」

レオンは思わず苦笑する。聞こえるヒナの嗚咽は心に響き、罪悪感が込み上げてくる。ヒナの涙がこんなにも心を揺さぶってくるとは思わなかった。

エルドは柔らかく目を細めると、ならいい、と頷いた。

（――今度、ヒナと少しゆっくりするか）

書類仕事を部下に投げて、のんびりするのも悪くないかもしれない。レオンはそう検討しながら視線を窓の外に向け、目を閉じる。

ヒナの涙が瞼《まぶた》の裏に焼き付いて、離れそうになかった。

◇

「さて、酒盛りでもしますか」

明るくそう告げたのはクラウスだった。

執務室《しつむしつ》——そこでレオンと話《はな》し込んでいたエルドが視線を上げると、クラウスは軽く指を振り、魔力《まりょく》で執務室の戸棚《とだな》を開けた。グラスを魔力で引き寄せ、片目を閉じる。

「友人たちがこうして集まっているのです。折角ですし、ね？」

「いや、そこまで長居するつもりではないんだが……」

エルドは視線をクロエとヒナの方に向ける。ヒナは調子を取り戻したのかクロエに絡《から》んでいき、クロエは鬱陶《うっとう》しそうにしている。が、エルドの視線に気づくと、クロエはヒナの顔をぐいと手で押《お》し除《の》けた。

「そうです、ね。そろそろ、引き上げ、ましょう」

「えー、先輩、もう少しお話ししましょうよー」

「……うざい、ヒナ」

「先輩、辛辣《しんらつ》ぅ」

それを見て苦笑を浮かべたレオンは視線をエルドに向けて訊ねる。

「急ぐのか？　エルド」

「いや。ただ、ここには見つかると面倒《めんどう》な奴がいるからな」

「ああ、アグニとシズナか」

市井《しせい》の噂話《うわさばなし》が確かなら、この中央区のどこかにいるはず。だからこそ潜入《せんにゅう》はできるだけ慎重《しんちょう》に行っているのだ。

（できるなら早く離脱《りだつ》して、接触することは避《さ》けないと）

エルドのその視線にクラウスは意味ありげな笑みで答える。

「大丈夫《だいじょうぶ》です。アグニくんとシズナさんは今、中央区にはいませんよ」

「……そう、なのか？」

「ええ、頼《たの》み事《ごと》をして街を出てもらいました。少なくとも今晩から明朝までは帰ってこないでしょう」

言われてエルドは気配を探ってみる——確かに近くに〈英雄《えいゆう》〉の気配はレオンとクラウスのものしかない。気配を殺している可能性ももちろん、あるが。

「それにエルドくんとクロエさんのために、酒をご用意しました。ヒナさん」

「了解《りょうかい》しましたっ」

ヒナは元気よく答えると指を弾いた。それを合図に天井裏《てんじょううら》から数人の人影《ひとかげ》が降り立ち、机の上に次々と酒瓶《さかびん》を運び入れる。立ち去る前にクロエにきっちり一礼してから、〈暗部〉の密偵たちは天井裏に戻っていく。

「この夜会の残り物で恐縮《きょうしゅく》ですが、いろいろありますよっ」

「それに加えて、アークホテルに用意してある美酒も持ってきました。とことん酒を飲めるように、一部は樽《たる》で用意しています」

「……〈暗部〉の無駄遣《むだづか》い、です」

クロエは無表情ながら声に呆れを滲《にじ》ませるが、ヒナは首を振って言う。

「参加したのは志願者だけ、ですのでご心配なく。それより見て下さいよ、先輩。ほら、たくさんお酒――米酒もありますよ」

ヒナに腕を引っ張られ、クロエは無表情のまま並べられた酒を眺《なが》める。その表情は一切変わることがない。だが、視線はその酒の種類をしっかりと確かめていた。

エルドは内心で苦笑いを浮かべながら、クロエの傍に歩み寄り、酒瓶を一つ手に取る。それはクロエの視線が惹《ひ》きつけられていた酒の一つだ。

「……こんな酒もあるんだな。クラウス」

「ええ。ドワーフ族が愛飲する酒、炎酒《えんしゅ》です。飲むと身体の芯《しん》から熱くなることから、その異名がつけられたとか」

クラウスの説明を聞いたクロエの表情が微かに動く。ヒナもそれに気づいたのか、面白《おもしろ》そうに目を細めて別の酒を指差した。

「クラウス様、こっちの酒は何？」

「お、それは新しく開発された、炭酸米酒、というものです。魔術《まじゅつ》で空気を封《ふう》じ込めることで独特の飲み心地を実現しました。癖《くせ》になる飲み心地ですよ」

クロエの喉《のど》が微かに動く。視線が動いた。その先にあった酒瓶を持ち上げると、視線が追いかけてくる。クラウスは自慢《じまん》げに言葉を続けた。

「そちらは蒸留酒に薬草を漬《つ》け込んだもの――すっきりとした味わいが魅力的《みりょくてき》です。果実の汁《しる》で割って飲むと、なかなか美味でございます。これをカクテル、といいます」

「なるほど……これだけの酒を飲める機会はそうそうないな」

そう言いながらエルドはクロエの方をちら、と見る。彼女の無表情はぴくぴくと揺れ、視線は物欲《ものほ》しげにエルドの手元に向けられ――。

だが、すぐに全員の面白がる視線に気づき、表情を引き締《し》めた。

「……なんですか、皆《みな》さん」

「いや、何でもないが」

「そう、ですか……時に、エルドさん」

「うん？」

「ちょっとこちらに」

くいくい、と袖《そで》を引っ張られる。エルドはクラウスに酒瓶を渡《わた》してから、彼女に引っ張られるまま、部屋の隅《すみ》っこに移動させられる。

そのまま物陰《ものかげ》でレオンたちの視線から隠れると――ぐい、と襟首《えりくび》を掴まれた。

エルドは体勢を崩《くず》して前のめりになると、クロエがぐっと顔を近づける。

「……あの、クロエさん？」

「エルドさん……からかうのも、いい加減にして、ください」

そういう彼女の表情はむくれていた。頬を膨《ふく》らませ、じっと半眼でエルドを睨《にら》みながら襟首から手を離《はな》し、彼の頬を両手で挟《はさ》み込む。

「別に二人きりなら、構いません。お付き合い、します。ですが、今は他人、そして後輩、がいる場所、です……恥《はじ》を、掻かせないで、ください」

「……それは失礼した……で、クロエ」

「はい、なんですか」

「お酒、飲みたい？」

エルドが小声で訊ねると、クロエは視線を逸らして唇《くちびる》を尖《とが》らせる。やがて頬を朱《しゅ》に染めると、こくん、と頷《うなず》いた。

「……飲みたい、です。正直、かなり誘惑《ゆうわく》です」

「よく言えました」

エルドも手を伸ばしてその頬に手を添える。顔を近づけて軽く口づけしてから身体を離し、クロエの手を取った。彼女は無言で手を握《にぎ》り返してくれる。

物陰から出ると、エルドはにやにやと笑っているクラウスに声をかける。

「クラウス、折角だから酒盛りに参加していこう」

「ええ、そうこなくては。レオンくんもここで羽を伸ばして下さい」

「執務室で酒盛りするのも、悪くないな」

「先輩っ、何飲みます？」

「エルドさんと、同じものを」

「なら、まずは米酒だな」

エルドはクラウスからグラスを二つ受け取ると、一つをクロエに手渡《てわた》す。そして米酒を手に取ると、クロエのグラスにたっぷりと注いでいく。

注がれた米酒を見てクロエは目を細めると、軽く持ち上げて唇を動かす。

音のない言葉をエルドはすぐに目で読み取った。

『ありがとう、ございます。大好《だいす》き、です』

その好意に微かに胸が高鳴る。それを押し隠し、エルドは片目を閉じて応じた。

クロエは酒瓶を受け取り、エルドにも酒を注ぐ。その間にレオンやヒナ、クラウスも思い思いの酒を選んで自分のグラスに注いでいた。

全員がグラスを手に取ると、クラウスはにこりと微笑《ほほえ》んで告げる。

「では、今宵《こよい》の再会を祝して――乾杯《かんぱい》」

ふとエルドは思う――ここの執務室にいる五人は酒好きばかりだ。

レオンやクロエは酒好きであり、エルドやヒナはそれに付き合って酒を飲んでいた。そしてクラウスも意外と酒を飲むらしい。

そして酒好きが集まると話にも花が咲《さ》き、酒が止まらなくなる。

クラウスは冗談《じょうだん》でなく樽で酒を用意しており、クロエは無表情で勧《すす》められるまま、ぱかぱかと酒を飲み干していき――。

気づけば何故《なぜ》か、クロエの前に三人が正座していた。

（全く、レオンは少し学習して欲《ほ》しいものだが）

机の上で足を組んで座《すわ》るクロエ。その横でエルドは思わずため息をこぼした。

事の発端《ほったん》はクラウスがまたエルドとクロエの恋《こい》バナを聞き出そうとしたことだ。それを聞いたレオンは饒舌《じょうぜつ》に二人のやり取りの思い出を語り出したのだ。

外野二人で盛り上がっているのを、エルドは苦笑い交じりに見守っていたのだが。

それがクロエの何かに触《ふ》れたらしい。突如《とつじょ》、どん、と酒瓶を机に置いて静かに告げたのだった。

『エルドさんの素晴《すば》らしさを、貴方たちは分かって、いません。そこに直り、なさい』

以前も同じようなことがあった。レオンの軽率《けいそつ》な発言が原因で、酔っぱらったクロエが暴れたことがある。それと同じく、彼女の箍《たが》が外れたのだ。

据《す》わった目つきでレオン、ヒナ、クラウスを正座させると、滔々《とうとう》とした口ぶりでひたすらにエルドのことを語り続けている。

「そもそも、エルドさんは勉強熱心であり、古代文明の教えから仁、義、礼、智《ち》、信の五つ貴《たっと》んでおります。そのことから道徳に優れておられる方。そんな騎士《きし》はこの世にどれほどいるでしょうか。エルドさんは剣術《けんじゅつ》だけではない方なのです」

今もクロエは淀《よど》みなく弁舌《べんぜつ》を振るうと、熱っぽい瞳でエルドの方を見る。面映《おもは》ゆく思いながら、エルドは瓶《びん》を手にしてクロエに差し出す。

「ありがとう。クロエ、飲む？」

「いただきます」

クロエが差し出したのは茶碗《ちゃわん》――グラスで飲むのが億劫《おっくう》だと、彼女が戸棚から引っ張り出してきたものだ。それに目いっぱい注ぐと、彼女はぐいと一息に干す。

「んまい、です……なんと透《す》き通った酒、でしょう。水のように滑《なめ》らかです」

「そりゃ水だからね」

「お気配り、感謝します、エルドさん」

ぺこり、とクロエは頭を下げると、すぐに冷たい眼差《まなざ》しを三人の方に向ける。もう三人はお腹《なか》いっぱいとばかりに顔を強張らせていた。

「エルドさんは、こうして相手を気遣《きづか》い、傍にいてくれる、という優しさがあるのです。その一方で時に見守ってくれる――これぞ最高の信頼《しんらい》だと思いませんか、ねぇ、ヒナ」

「はい……あの、先輩」

「なんですか、ヒナ」

「……まだ、続きます？」

「当然でしょう。皆さんはエルドさんの上辺しか見て、いないのです。それを今回の機会に、徹底的《てっていてき》に叩き込まねば――」

無表情で淡々《たんたん》と、だが徐々《じょじょ》に語気が高ぶっている。それにレオンとクラウスの表情がさらに引きつり、ヒナが達観した表情を見せる。

（……そろそろ、頃合《ころあ》いかな）

クロエも鬱憤《うっぷん》が溜《た》まっているようだからしばらく放置していたが、そろそろレオンたちも可哀想《かわいそう》だ。エルドはクロエの肩に軽く手を載せた。

「クロエ、そんなもので結構だぞ」

「いえ、エルドさん、まだ全然、貴方のことを喋《しゃべ》れて、いません」

「その気持ちはありがたいんだがな、クロエ」

両肩《りょうかた》に手を添えて、クロエの顔をこちらに向かせる。彼女は無表情だがエルドを瞳に映した瞬間《しゅんかん》、漆黒《しっこく》の瞳が潤んで熱を帯びる。

その目を見つめて柔らかい口調で告げる。

「本当の僕《ぼく》のことは、クロエだけが知っていれば充分だと思うんだが」

「……ふむ、確かに」

「むしろ、二人だけの秘密にしておくのも一興ではないかな」

「……二人だけの、秘密」

その言葉が琴線《きんせん》に触れたのか、彼女の頬がほのかに朱に染まる。やがてこくんと頷き、仕方ありませんね、と小さくつぶやいた。

「なら――エルドさんの、意向を、優先します」

「ありがと。お嫁さん。じゃあ、そろそろお開きかな」

「……わかり、ました」

こくん、とクロエが素直《すなお》に頷いてくれる。それを見てヒナに素早《すばや》く目配せした。彼女は一瞬《いっしゅん》で意図を察すると、立ち上がって素早く隣《となり》の部屋の扉《とびら》を開ける。

「夜遅《よるおそ》いし、エルド様、隣の部屋に泊《と》まっていいよ。ね？　いいよね、王様」

「あ、ああ、もちろんだ」

「ああ、悪いな。じゃあお言葉に甘《あま》えようか。クロエ」

「ぁい……後始末は、任せました。ヒナ」

「分かっていますって。さ、王様、クラウス様も」

ヒナは素早くレオンとクラウスの手を掴んで引き起こす。足が痺《しび》れてよろめくクラウスを支え、レオンは立ち上がると軽くエルドに対して拝む。

それに対してエルドは迷惑《めいわく》そうな顔を作り、しっし、と手で払った。

『あとは夫婦《ふうふ》の時間だ』

口の動きで悟《さと》ったのだろう。レオンはこくこくと頷くと、ヒナの誘導《ゆうどう》でクラウスを引っ張って執務室を後にする。その一方でクロエは名残惜《なごりお》しそうに茶碗を置き、腰《こし》を置いていた机から飛び降りた。が、着地が上手《うま》くいかず、軽くよろめく。

「おっと、大丈夫か」

「大丈夫です。酔っていません……ひっく」

「酔っているだろう、全く」

器用にも無表情でしゃっくりをするクロエに苦笑《くしょう》を向けると、その足の下に手を入れ、背に手を添えると、彼女を横抱《よこだ》きに抱《かか》え上げた。

「……大丈夫、なのに」

「ああ、そうだな。僕がお姫様《ひめさま》を運びたいだけだよ」

「お姫様……えへへ」

人がいなくなり、酒で無防備になったクロエは嬉しそうに表情を綻ばせると、鼻先を近づけてきて、すんすんとエルドの首の匂《にお》いを嗅《か》ぐ。

その感触《かんしょく》をこそばゆく思いながら、エルドは隣の部屋へ。

そこは簡単な休憩室《きゅうけいしつ》になっており、小さなベッドが設《しつら》えられている。そこにクロエを降ろして身を離そうとすると、彼女は首を抱いたまま離さない。

熱に浮かされた瞳でエルドを見上げ、甘えるように唇を尖らせる。

「エルドさんも一緒に、寝《ね》ますよ」

「でも、このベッドは小さいぞ」

ちら、とベッドを見やる。執務室を使う者が休むだけのベッドなのか、かなり小さい。使用した痕跡《こんせき》がないのは、いつもレオンはソファーで仮眠《かみん》を取るからだろう。

「ひとまずクロエが寝て、酔いを醒《さ》ましてくれ。僕も傍で休んでいるから」

指先でそっと彼女の前髪《まえがみ》をかき分ける。彼女は心地よさそうに目を細め、首に回した手を緩めてくれる。彼女に笑いかけて小さく囁《ささや》く。

「少し休んだら宿に戻って、温泉をゆっくり浴びよう、な？」

明日は新婚《しんこん》旅行の最終日だ。とはいえ、アグニやシズナがうろついている今、呑気《のんき》に観光はできないだろう。ヴィエラも来てもらう予定だから、そこでのんびりするつもりだ。

その予定を思い出したのか、クロエは頷いて吐息《といき》をこぼした。

腕《うで》の力が抜けたのを見計らい、エルドはゆっくりと身を離し。

クロエの華奢《きゃしゃ》な腕が蛇《へび》のように彼《かれ》の腕に巻き付いた。エルドが目を見開いた瞬間、ぐい、

と体勢が崩される——柔術《じゅうじゅつ》の動き。

その技は酔っていたとしても翳《かげ》ることはない。エルドの身体が宙でひっくり返りながら、ベッドに落下。その下でクロエは身を躱《かわ》して避けている。

そしてベッドに背から落ちたエルドの前に、クロエはすとんと腰を下ろす。

「……なんというか、相変わらずの手並みだな」

「ありがとう、ございます。でもエルドさんも、合わせてくれました、よね」

「そりゃ危ないからな」

迂闊《うかつ》にベッドに倒《たお》れ込めばクロエを下敷《したじ》きにしてしまう。だから軽く地を蹴《け》って身体を浮かし、クロエの動きに身を委ねたのだ。

ただ、その結果、クロエにマウントポジションを取られているのだが。

身体の上を陣取《じんど》った彼女は頬を染めて胸に手を当てて囁く。

「そんなエルドさんが……好き、です。大好き、です」

「……ああ、僕も好きだよ。クロエ」

微笑みながらエルドは応える。彼女は嬉《うれ》しそうに表情を緩め。

その瞳を光らせ、ゆっくりと舌なめずりした。唇の合間から赤い舌が見え隠れする。

「私だけの、エルドさん……ふふ、この人は私だけの、旦那様《だんなさま》、です……」

瞳は熱を帯びており、明らかに情欲の炎が揺《ゆ》れている。エルドは表情を引きつらせ、彼女の腰を軽くタップした。

「あの、クロエ？　ここは迎賓館《げいひんかん》だからな？　羽目を外し過ぎるなよ？」

「大丈夫です、エルドさんの魅力《みりょく》は、私だけが独占《どくせん》、しますから……」

その目つきは完全に据わっている。

（……なるほど、クロエは酔っぱらうと、こうなるのか……）

初めて知ったお嫁《よめ》さんの一面。エルドが表情を緩《ゆる》めていると、クロエは蕩《とろ》けた笑顔のまま、衣服をはだけていく。垣間見《かいまみ》えるクロエの肌《はだ》にエルドは小さく吐息をこぼす。

（……まぁ、別に悪くないか）

冷静に考えれば、ここは迎賓館であり、王のための休憩室である。そこで恋人《こいびと》たちの睦《むつ》言《ごと》を交わすなど言語道断。大臣たちが聞けば顔を真っ赤にして怒《おこ》るはずだ。

だが、今のエルドも程《ほど》よく酒に酔っている。面倒な思考を放棄《ほうき》すると、彼もまた目の前の愛《いと》しい人に正面から向き合う。

「クロエ――愛している」

「私も、愛しています。エルドさん」

クロエは小さく笑うと、捕食者《ほしょくしゃ》のようにしなやかにエルドの身体に覆《おお》いかぶさった。

終章　二人の物語は終わらない

final chapter

早朝のペイルローズ――それを取り囲む城壁《じょうへき》の外側。

そこには人知れず数人の人影があった。そのうちの一つ――エルドは馬の手綱《たづな》を握りながら、少しだけ苦笑をこぼした。

「さすがに無防備ではないか？　レオン」

「たとえそうだとしても、親友の見送りくらいはさせてくれ。エルド」

その傍《そば》に立つのはこの国の王たるレオンハルト、そしてその護衛のヒナだ。彼女《かのじょ》はレオンの一歩後ろ、影の位置に立って明るく笑っている。

姿を見せてはいないが、他にも〈暗部〉の気配がする。クロエはそちらの方を見て軽く頷き、視線をヒナに戻した。

「結構。励《はげ》み、なさい。ヒナ」

「あいあいさー、です！　先輩」

「……一体、どこの言葉を覚えて、きたんですか、小悪党みたい、ですよ」

「む、失礼な！　これは大海賊《だいかいぞく》の挨拶《あいさつ》です！」

（どちらかというと、水軍の挨拶だったはずだが）

古代人が遺《のこ》した海軍基地跡《あと》の文献《ぶんけん》にそう記されていた。それを参考に王国水軍では同じような挨拶を採用しているのだが。

何はともあれ、レオンもヒナも調子を取り戻したようだ。

「レオン、あんまり無茶《むちゃ》するなよ」

「大丈夫だ。お前の言も取り入れている――だろう？」

レオンは軽く手を挙げる。それに応じて傍に控《ひか》える近衛騎士たちが歩み出る。そのうちの一人は見覚えがあった。

（昨日聞いていたから、驚きはしないが――）

エルドは微かに眉尻《まゆじり》を下げて声をかける。

「近衛騎士団に抜擢《ばってき》か。ヴィエラ姉さん」

「ええ、もう任に就《つ》くように言われてびっくりしたけどね」

近衛騎士の真新しい制服に身を包んだヴィエラは腰に手を当て、困ったように首を傾《かし》げる。レオンはヴィエラを振り返って目を細める。

「すまない。だが、優秀《ゆうしゅう》な人材はできる限り、早めに囲《かこ》い込《こ》んでおきたい」

「ありがたきお言葉です。陛下」

ヴィエラは丁寧《ていねい》に一礼して応じ、少しだけ目を細めた。

「ですが、優秀な人材であるとはいえ、弟と義妹《ぎまい》をこれ以上、貴方の策謀《さくぼう》に巻き込むのは感心しませんが」

「……う」

「二人は陛下の元配下です。が、今は一般人《いっぱんじん》。彼らをこれ以上、巻き込まないでいただければ幸いです――申し訳ございません。出過ぎたことを申し上げました」

ヴィエラはそう告げて頭を垂れる。レオンは苦笑いを浮かべて手を振《ふ》る。

「良い。エルドを彷彿《ほうふつ》させる諫言だ」

「ありがたきお言葉。彼の姉、ですからね」

ヴィエラはふっと笑みをこぼして、エルドの方に視線を向けて歩み寄る。その両手をエルドとクロエの肩に載せた。

「陛下のお傍は任せなさい。二人とも。貴方たちはもうゆっくりしていいわ――それだけの活躍《かつやく》を貴方たちはしてくれたのだから」

「悪いな、姉さん。レオンは優秀だが、大分奔放《ほんぽう》な君主だから気をつけて」

「エルド、仮にも元主になんという評価をしているんだ」

呆《あき》れたようにレオンは肩を竦《すく》める。だが、その周りにいる近衛騎士も含《ふく》めて、誰も咎《とが》めず同意するようにしみじみと頷いていた。

その面々を改めて見渡《みわた》し——ふと、一人の顔が見えないことに気づく。

「そういえば、クラウスはどうした？」

「ん、クラウスはアグニとシズナの足止めだ——連中、昨日の深夜に街に戻《もど》ってきてな。あろうことか、北区を中心に探し回り始めた」

「情報は一切統制しているのに……彼ら、動物じみた直感ですよ、先輩」

レオンとヒナの言葉に、クロエはふと何かに気づいたようにエルドを振り返る。

「そういえば昨日の夜、エルドさん、妙《みょう》な気配に気づいていましたね」

「ああ、そこまで近くないからそのときは気にしなかったが」

意外に接近されていたらしい。支配人に頼んで早めに宿を出て正解だったようだ。エルドは手綱を引き、馬を近づけながらレオンに視線を向ける。

「なら、早めに撤退《てったい》しよう。それじゃあ、レオン、姉さん、みんな」

「ヒナも、達者で。くれぐれも、レオンさんから、目を離さないように」

「分かっています。先輩」

「またな、エルド、クロエ」

レオンとヒナが手を振り、ヴィエラをはじめとした近衛騎士が拝礼を返す。エルドは短く拝礼を返すと、素早く馬を傍に寄せて跨《また が》る。

クロエに手を差し伸《の》べると、彼女は手を握って素早くその背に跨った。

エルドとレオンの視線が交錯《こうさく》する。頷き合うと、馬首を巡《めぐ》らせてエルドは馬の肚を蹴った。意を受けて馬は軽快に風を切って駆《か》けだした。

「楽しかった、ですね。エルドさん」

「ん、そうだな。クロエ」

風を切って駆ける馬上。帰途《きと》は少し馬の脚《あし》を速め、風を楽しんでいた。クロエは腰に回した手に力を込め、ふと視線を彼方《かなた》に向けた。

「ここも、大分緑が満ちてきました、ね」

「……ん、そういえば」

行きはもう日が暮れて見ることがなかったが、明るい中で見渡すと緑が見える。この場所は一時期、魔族《まぞく》に蹂躙《じゅうりん》されて荒野《こうや》になっていたはずなのに。

数年の間に緑が覆い、所々には畑が見える。ここも復興や開墾《かいこん》が進んでいるようだ。

「覚えて、いますか？　大戦中期、視察で行ったエルフの里」

「ああ、魔族の被害《ひがい》を逃《のが》れた霊山《れいざん》近くの里だな」

「ええ――あそこも綺麗《きれい》でしたね」

「綺麗といえば、魔族領にあった氷山地帯も」

「ああ、虹《にじ》の幕を二人、で見ましたね」

「その後に食べた珍味《ちんみ》もたまらなかったな」

二人で軽く思い出話をしながら風を味わう。駆けていれば気分は大戦の頃《ころ》を思い出させてくれる。辛《つら》いことも多かったが――クロエと共に、つかの間の美しさを楽しめた。

「いろんな景色を、見て来たんだな」

「ええ、本当に」

駆け脚の馬の揺れと背のクロエの感触、そして吹《ふ》く風と流れる景色。クロエとたくさんの場所を駆けてきたのを実感させられる。

二人はしばらく言葉を交《か》わさずに、過去に想《おも》いを馳《は》せる。

クロエと共に様々な戦場を駆けた。最初はただの契約《けいやく》関係だった。裏切っても文句は言えない、薄《うす》い紙きれのような関係性――だが戦うたびに、修羅場《しゅらば》を乗り越《こ》えるたびに、命を救い合うたびに、その絆《きずな》は増してきた。

敵として殺し合い、主従として命を預け合い、戦友として共に戦い続けた。

馬で共に駆け、焚火《たきび》を共に見つめ、刃《やいば》を交え合った。

仲間の死を悲しみ、戦いの勝利を喜び、酒を酌《く》み交わした。

傷を負い、手を血で染め、それでも二人で戦い抜いた。

そして互《たが》いを知って、互いに恋して、互いを愛した。

流れゆく時間の中で二人は何かを得て、また何かを失いながらも前に進んできた。一つ一つの積み重ねの上で、エルドとクロエは今、こうして共にいる。

「何気なく当たり前な今が、とても特別、なんですね」

クロエはそう小さくつぶやき、エルドの腰に回した手に力を込める。ああ、とエルドは頷き、その手に自らの手を重ね合わせる。

「そして、この先もまた積み重ねていく。この日々が当たり前に思えるくらい」

「そう、ですね——こうして今も旅行を楽しみましたし」

「また旅行に行こう。次も酒が美味《うま》いところがいいかな」

「悪く、ありません。ですが、飲み過ぎないように、します」

「酔《よ》っぱらったクロエもまた見たいがな」

「……それなら、二人きりのときで、お願いします」

「そうだな。今度は二人きりで」

（そして、今度は本当の新婚旅行にするのも、悪くないかもな）

少しだけ想像する——花嫁姿《はなよめすがた》のクロエを。

いつものように無表情だろうけど、きっと可憐《かれん》で美しくて愛おしいはずだ。そんな姿を見られるのなら、結婚式《けっこんしき》も悪くないはずだ。

新婚旅行で普段《ふだん》と違《ちが》うクロエを見て、そんな気持ちにさせられた。そんな変化もクロエからもたらされたものだと思うと、愛おしくて仕方ない。

「これからも、いろんな景色を、見ていこうか、クロエ」

「はい、もちろん、です。エルドさん」

小さく頼もしい恋人はぎゅっと腰に腕を回し、力を込める。ありったけの想いを感じさせる抱擁《ほうよう》にエルドは嬉しくなって笑《え》みをこぼす。

エルドとクロエの日常は、きっとここからも続く。

いろんなことがあるだろう。でも、彼女が傍にいてくれるならば問題ない。

「二人でゆっくり日々を過ごそう」

「大好きな、貴方《あなた》の傍で、ずっと微睡《まどろ》んで、いたいから」

その言葉と共に、二人は風を切って前へと駆け続ける。

これは最強英雄と無表情カワイイ暗殺者であり。
そしてただの青年と、ただの少女の物語。
二人がごく当たり前の幸せを紡《つむ》いでいく物語である。

あとがき

こんにちは。アレセイアです。本作をご覧いただきありがとうございます。
今回は新婚旅行編ということで、ヴェネツィアをイメージした街を舞台に二人のイチャラブを書かせていただきました。（正確には二人はまだ結婚したわけではないので、婚前旅行なのですが）イラストレーターのmottoさんも意図を汲んで、素晴らしいイラストを描いてくださいました。二人のイチャラブを楽しんでいただけたのなら幸いです。

ラブラブ新婚生活――本当にいいものですよね。書いていてしみじみと思います。たとえ、何気ない仕草でも二人にとっては大事な合図です。相手の想いを悟り、それで自分もレスポンスを返す。というか、そもそもその「何気ない」仕草に気づけるのも二人の絆の裏返しです。そういった二人の関係性の尊さに読者の皆様もご理解いただけると思います。
ただ、そういった関係性をテーマにした小説を書くには大きな課題が一つあります。それは人と人の関係性は一朝一夕には成らない、ということです。ましてや、相手の何気ない仕草や癖について熟知するには、どれだけの時間がかかるでしょうか。ラブラブを書くためには、それに至るまでの経過まで書かなければなりません。

そういった作品を書くには様々な手法がありますが、この『最強カワイイ』シリーズの場合はその経過を全て、前日譚にあたる魔王大戦編に詰め込みました。ただの剣士だったエルドが魔王大戦の中で様々な戦い、出会い、別れを経験して最強になっていく様子。そんなエルドを暗殺しようとしたクロエが味方になり、契約上の関係性だった二人が戦乱の中で絆を育んできた様子も前日譚になっています。その中できっと、戦乱の中で二人は何気ない時間を過ごしたり、ちょっとした言葉でどきっとしたり、些細な行き違いで反目したり、互いを意識して気まずい時間を過ごしたりしたことでしょう。そして、その中で自分の気持ちを告白して想いを通わせ合ったエルドとクロエ——彼らが成長した時間、絆を育んだ時間の大半を経てから、この物語は始まっています。(機会があれば、その物語も徐々に明らかになっていくと思います)

こうすることで、この『最強カワイイ』シリーズは序盤から全力で、エルドとクロエのラブラブを描いてきました。こうした背景を考えてお読みいただくと、二人がこんなにも真っ直ぐ向き合い、全力で愛し合っていることをご理解いただけると思います。二人の何気ないやり取りが少し違った風に感じることができるかもしれませんね。

ふと視線を隣に向ければ、あの人がいる。それは毎日続く、当たり前のことなのかもしれません。でもエルドやクロエにとっては当たり前ではなかった。今、傍にいるその人が明日死んでいるかもしれない。だからこそ二人は一瞬一瞬を慈しみます。

おはよう。おやすみ。ただいま。おかえり。

短い言葉にも二人はたくさんの想いを込めて、何度も大切に繰り返します。いつもは何気なく、だけど時に恥ずかしそうに、時に嬉しそうに、時にぶっきらぼうに言うときもあるでしょう。それでも二人の気持ちは揺るぎません。

この本の続きがあれば、そんな当たり前で特別な日々を書き続けるでしょう。

続きがなくとも、二人の物語は続いていきます。きっといつまでも、どこまでも。

またこの本を読み返す機会があれば、何気ない二人のやり取りに思いを馳せて読んでいただければ幸いです。

最後に本作を刊行するにあたって尽力下さった編集部の方々、校正の方、デザイナー様。そしてイラストレーターのmotto様――今回も素晴らしいイラストでした。特にクロエの私服が素敵でとても嬉しく思っています。皆様、本当にありがとうございました。そして、この本を手に取って下さった読者様も、本当にありがとうございました。

さて、この作品の続きを書けるかどうかは、読者の皆様のご支持次第とされています。もし続きを読みたいという方はぜひ巻末のアンケートでご感想をいただければ幸いです。

皆様の当たり前で特別な毎日が、明るく楽しく輝いていることを、心からお祈り申し上げております。

HJ文庫 https://firecross.jp/
1122

最強英雄と無表情カワイイ暗殺者のラブラブ新婚生活 2

2023年12月1日　初版発行

著者――アレセイア

発行者―松下大介
発行所―株式会社ホビージャパン

〒151-0053
東京都渋谷区代々木2−15−8
電話　03(5304)7604（編集）
　　　03(5304)9112（営業）

印刷所――大日本印刷株式会社

装丁――AFTERGLOW ／株式会社エストール

乱丁・落丁（本のページの順序の間違いや抜け落ち）は購入された店舗名を明記して
当社出版営業課までお送りください。送料は当社負担でお取り替えいたします。
但し、古書店で購入したものについてはお取り替えできません。

禁無断転載・複製

定価はカバーに明記してあります。

©Aletheia

Printed in Japan

ISBN978-4-7986-3334-3　C0193

ファンレター、作品のご感想お待ちしております

〒151−0053　東京都渋谷区代々木2−15−8
(株)ホビージャパン HJ文庫編集部 気付
アレセイア 先生／motto 先生

アンケートはWeb上にて受け付けております

https://questant.jp/q/hjbunko

- 一部対応していない端末があります。
- サイトへのアクセスにかかる通信費はご負担ください。
- 中学生以下の方は、保護者の了承を得てからご回答ください。
- ご回答頂けた方の中から抽選で毎月10名様に、HJ文庫オリジナルグッズをお贈りいたします。

HJ文庫毎月１日発売！

俺が告白されてから、お嬢の様子がおかしい。１

著者／左リュウ
イラスト／竹花ノート

恋愛以外完璧なお嬢様は最愛の執事を落としたい！

天堂家に仕える執事・影人はある日、主である星音にクラスメイトから告白されたことを告げる。すると普段はクールで完璧お嬢様な星音は突然動揺しはじめて!?　満員電車で密着してきたり、一緒に寝てほしいとせがんできたり——　お嬢、俺を勘違いさせるような行動は控えてください！

発行：株式会社ホビージャパン

実はぐうたらなお嬢様と平凡男子の主従を越える系ラブコメ!?

才女のお世話

高嶺の花だらけな名門校で、学院一のお嬢様（生活能力皆無）を陰ながらお世話することになりました

著者／坂石遊作　イラスト／みわべさくら

此花雛子は才色兼備で頼れる完璧お嬢様。そんな彼女のお世話係を何故か普通の男子高校生・友成伊月がすることに。しかし、雛子の正体は生活能力皆無のぐうたら娘で、二人の時は伊月に全力で甘えてきて──ギャップ可愛いお嬢様と平凡男子のお世話から始まる甘々ラブコメ!!

シリーズ既刊好評発売中

才女のお世話 1～6

最新巻　才女のお世話 7

HJ文庫毎月1日発売　発行：株式会社ホビージャパン

神殺しの武人は病弱美少女に転生しても最強無双!!!!

凶乱令嬢ニア・リストン

病弱令嬢に転生した神殺しの武人の華麗なる無双録

著者／南野海風　イラスト／磁石・刀 彼方

神殺しに至りながら、それでも武を極め続け死んだ大英雄。

「戦って死にたかった」そう望んだ英雄が次に目を覚ますと、病で死んだ貴族の令嬢、ニア・リストンとして蘇っていた——!!

　病弱のハンデをはねのけ、最強の武人による凶乱令嬢としての新たな英雄譚が開幕する!!

シリーズ既刊好評発売中

凶乱令嬢ニア・リストン 1〜3

最新巻　**凶乱令嬢ニア・リストン 4**

HJ文庫毎月1日発売　発行：株式会社ホビージャパン

ド底辺の貧困探索者から成り上がる、最速最強のダンジョン冒険譚！

中卒探索者の成り上がり英雄譚
～2つの最強スキルでダンジョン最速突破を目指す～

著者／シクラメン　イラスト／てつぶた

ダンジョンが発生した現代日本で、最底辺人生を送る16歳中卒の天原ハヤト。だが謎の美女ヘキサから【スキルインストール】と【武器創造】というチートスキルを貰い人生が大逆転！　トップ探索者に成り上がり、最速ダンジョン踏破を目指す彼の周りに、個性的な美少女たちも集まってきて……？

シリーズ既刊好評発売中

中卒探索者の成り上がり英雄譚 1～3

最新巻　中卒探索者の成り上がり英雄譚 4

HJ文庫毎月1日発売　発行：株式会社ホビージャパン

大学四年生⇒高校入学直前にタイムリープ!?

灰原くんの強くて青春ニューゲーム

著者／雨宮和希　イラスト／吟

高校デビューに失敗し、灰色の高校時代を経て大学四年生となった青年・灰原夏希。そんな彼はある日唐突に七年前──高校入学直前までタイムリープしてしまい!?　無自覚ハイスペックな青年が２度目の高校生活をリアルにやり直す、青春タイムリープ×強くてニューゲーム学園ラブコメ！

シリーズ既刊好評発売中

灰原くんの強くて青春ニューゲーム　1〜5

最新巻　灰原くんの強くて青春ニューゲーム　6

HJ文庫毎月１日発売　発行：株式会社ホビージャパン

幼馴染なら偽装カップルも楽勝!?

ねぇ、もういっそつき合っちゃう？

幼馴染の美少女に頼まれて、カモフラ彼氏はじめました

著者／叶田キズ　イラスト／塩かずのこ

オタク男子・真園正市と、学校一の美少女・来海十色は腐れ縁の幼馴染。ある時、恋愛関係のトラブルに巻き込まれた十色に頼まれ、正市は彼氏役を演じることに。元々ずっと一緒にいるため、恋人のフリも簡単だと思った二人だが、それは想像以上に刺激的な日々の始まりで──

シリーズ既刊好評発売中

ねぇ、もういっそつき合っちゃう？ 1〜4

最新巻　ねぇ、もういっそつき合っちゃう？ 5

HJ文庫毎月1日発売　発行：株式会社ホビージャパン

王道戦記とエロスが融合した唯一無二の成り上がりファンタジー!!

クロの戦記

異世界転移した僕が最強なのはベッドの上だけのようです

著者／サイトウアユム　イラスト／むつみまさと

異世界に転移した少年・クロノ。運良く貴族の養子になったクロノは、現代日本の価値観と乏しい知識を総動員して成り上がる。まずは千人の部下を率いて、一万の大軍を打ち破れ！　その先に待っている美少女たちとのハーレムライフを目指して!!

シリーズ既刊好評発売中

クロの戦記 1〜12

最新巻　クロの戦記 13

HJ文庫毎月1日発売　発行：株式会社ホビージャパン

HJ文庫毎月1日発売！

幼馴染に陰で都合の良い男呼ばわりされた俺は、好意をリセットして普通に青春を送りたい 1

著者／野良うさぎ
イラスト／Re岳

不器用な少年が青春を取り戻すラブストーリー

人の心が理解できない少年・剛。数少ない友人の少女達に裏切られた彼は、特殊な力で己を守ることにした。その力──『リセット』で彼女達への感情を消すことで。しかし、忘れられた少女達は新たな関係を築くべくアプローチを開始し──これは幼馴染から聞いた陰口から始まる恋物語。

発行：株式会社ホビージャパン

HJ文庫毎月1日発売！

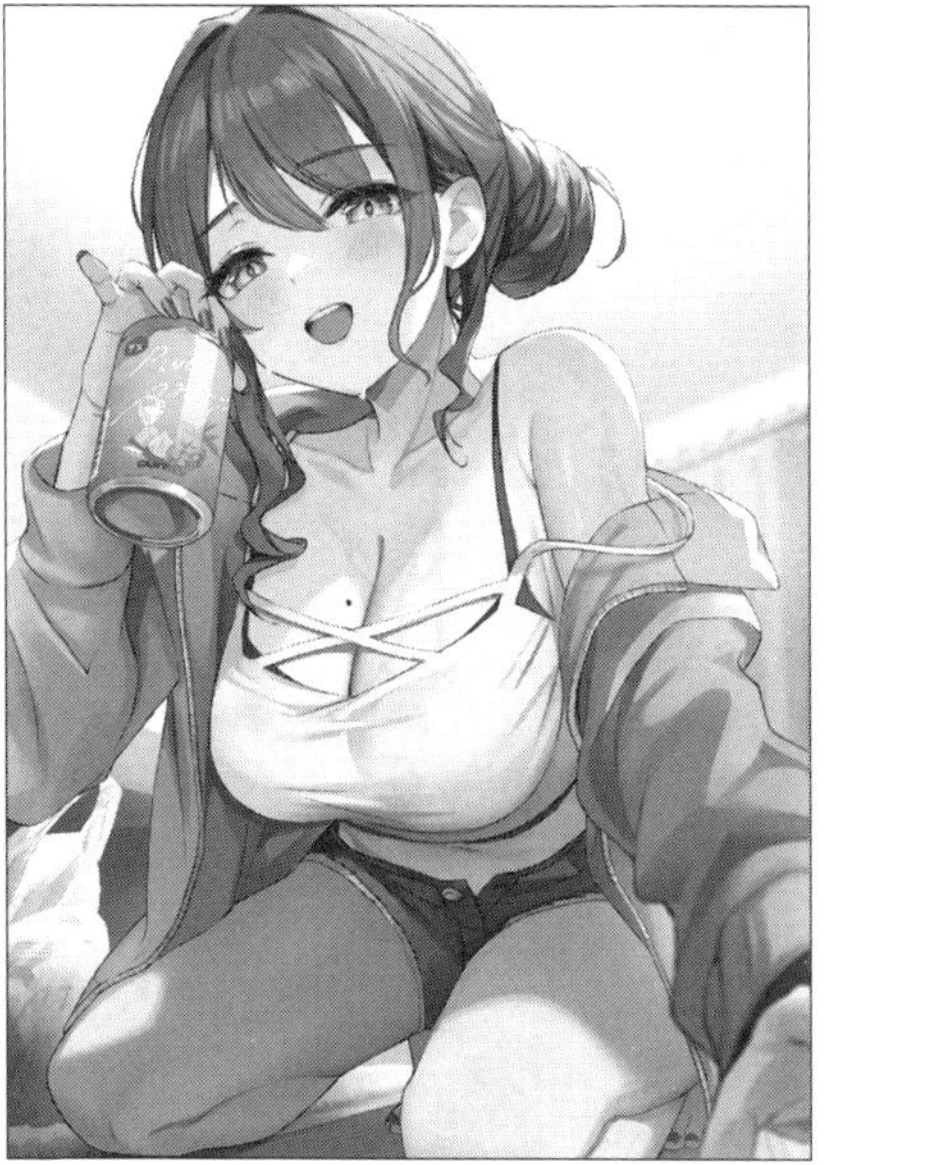

お酒と先輩彼女との甘々同居ラブコメは二十歳になってから 1

著者／こばやJ
イラスト／ものと

最高にえっちな先輩彼女に甘やかされる同棲生活！

二十歳を迎えたばかりの大学生・孝志の彼女は、大学で誰もが憧れる美女・紅葉先輩。突如始まった同居生活は、孝志を揶揄いたくて仕方がない先輩によるお酒を絡めた刺激的な誘惑だらけ!?　「大好き」を抑えられない二人がお酒の力でますますイチャラブな、エロティックで純愛なラブコメ！

発行：株式会社ホビージャパン

毒の王に覚醒した少年が紡ぐ淫靡な最強英雄譚！

毒の王
最強の力に覚醒した俺は美姫たちを従え、発情ハーレムの主となる

著者／レオナールD　イラスト／をん

生まれながらに全身を紫のアザで覆われた『呪い子』の少年カイム。彼は実の父や妹からも憎まれ迫害される日々を過ごしていたが──やがて自分の呪いの原因が身の内に巣食う『毒の女王』だと知る。そこでカイムは呪いを克服し、全ての毒を支配する最強の存在『毒の王』へと覚醒する!!

シリーズ既刊好評発売中

毒の王 1
最強の力に覚醒した俺は美姫たちを従え、発情ハーレムの主となる

最新巻　毒の王 2

HJ文庫毎月1日発売　発行：株式会社ホビージャパン

君が望んでいた冒険がここにある——。

<Infinite Dendrogram> -インフィニット・デンドログラム-

著者／海道左近　イラスト／タイキ

一大ムーブメントとなって世界を席巻した新作 VRMMO <Infinite Dendrogram>。その発売から一年半後。大学受験を終えて東京で一人暮らしを始めた青年「椋鳥玲二」は、長い受験勉強の終了を記念して、兄に誘われていた <Infinite Dendrogram>を始めるのだった。小説家になろうVRゲーム部門年間一位の超人気作ついに登場!

シリーズ既刊好評発売中

<Infinite Dendrogram>-インフィニット・デンドログラム-1～20

最新巻 <Infinite Dendrogram>-インフィニット・デンドログラム- 21.神殺し

HJ文庫毎月1日発売　　発行：株式会社ホビージャパン